N'OUBLIE PAS MOSTAR

EDISA PALIKUČA

N'OUBLIE PAS MOSTAR

Le récit tragique
d'une exilée bosniaque
recueilli par Thierry Dana

Albin Michel

22, rue Huyghens, 75014 Paris

ISBN 2-226-06985-2

A Drazan.

La première fois que j'ai vu Edisa, c'était à Ris-Orangis, où elle vivait depuis novembre 1992 après que la guerre l'eut chassée de chez elle. Je me souviens d'elle descendant l'escalier d'un pas incertain, un peu timide, le sourire aux lèvres. J'ai été frappé par son regard volontaire.

Elle faisait partie des milliers de réfugiés d'ex-Yougoslavie qui avaient trouvé en France une terre d'accueil. Grâce à l'association humanitaire Équilibre, elle avait été hébergée chez Pierre et Michèle B.

Je l'ai rencontrée au cours d'une enquête que je réalisais pour une école de journalisme. Parmi toutes les femmes que j'ai interviewées, c'est avec elle que j'ai eu le meilleur contact. Elle a trente ans, moi vingt-sept. Nous sommes de la même génération, nés tous deux en Europe, mais pas au même endroit. Je suis franco-italien et je vis dans un pays en paix, elle a épousé un Serbo-Croate et la guerre a brisé sa vie.

J'ai senti combien Edisa éprouvait le besoin de partager ce qu'elle avait vécu. « La nuit, me confia-t-elle, j'écris à mon fils, Pedja. Il a quatre ans, j'ai peur qu'il n'oublie sa langue, son pays. » Elle faisait d'immenses efforts pour communiquer, malgré son français maladroit. Elle n'avait pas besoin de grandes phrases pour que je la comprenne. La sympathie, la solidarité, la sincérité suffisaient.

Au fil du temps, j'appris son long voyage, son arrivée en France, chez Pierre et Michèle, ces huit mois où elle reprit courage grâce à eux, puis son deuxième départ pour Aix, en juin 1993.

Je la vis aussi s'angoisser, s'effondrer, n'ayant plus l'énergie capable de la river, solitaire, à sa plume. Parce qu'elle a perdu à jamais la sérénité, que son cœur était tellement agité de sentiments contradictoires, déchirants, que sa main n'avait plus la force de tracer les mots du souvenir.

J'ai voulu empêcher Edisa de s'enfermer dans son chagrin, lui donner l'occasion d'être écoutée et comprise. Je suis devenu son scribe. A cette histoire qui n'est pas la mienne, j'ai prêté mon français et ma culture. L'Europe n'est pas la même pour tout le monde, on naît à Paris ou à Mostar et il a fallu la folie des hommes pour que nous nous rencontrions, Edisa et moi.

J'ai voulu l'aider à inscrire son passé en lettres noires sur les feuilles blanches de son avenir. Faire de sa vie un livre français. C'est sa façon à elle de forcer le destin, de s'intégrer dans mon pays où elle veut tenter de revivre sans oublier le sien. C'est plus important que d'avoir des papiers en règle.

C'est aussi pour Pedja que je me suis embarqué dans cette aventure. Pour ce petit garçon de quatre ans qui pousse des cris de joie quand il me voit. Je suis solidaire. Je me sens coupable face à leur désespoir et à leur déracinement. J'ai même honte.

Bien sûr, mes conversations, mon amitié avec Edisa sont des actes infimes par rapport à ce qui se passe mais c'est une façon de participer, d'aider. Je souhaite que ce livre soit le lien qui rattache mon amie à sa terre d'accueil, le lien qui lui permette de s'exprimer, d'exister, de conserver son identité et sa dignité.

Edisa, je n'oublierai pas Mostar. Un jour, j'espère voir de mes propres yeux ce pays que tu m'as si souvent décrit.

Thierry DANA.

Mostar, septembre 1993

Le soleil de septembre est chaud.

Le soldat, le visage crispé, concentré sur chacun de ses gestes, désamorce une mine. Autour de lui, le quartier musulman de ce qui fut la plus jolie ville d'Herzégovine — Mostar — agonise, Mostar éventrée, décapitée, affamée, ravagée.

Pour ce soldat-là, il n'existe plus qu'un combat aveugle : défendre contre l'envahisseur l'étroite bande de quelques kilomètres où il est né. Défendre les rues où il jouait quand il était enfant. Défendre la rive est de la Neretva, ce fleuve aux eaux vertes où il plongeait adolescent. Défendre sa vieille ville devenue le théâtre d'un véritable jeu de massacre.

C'est un soldat anonyme de l'armée bosniaque, qui lutte pour sauver un pouce de terre, un coin de rue, une mosquée. Pour sauver quelques enfants, mettre à l'abri ce qui reste d'une famille, arracher ne serait-ce qu'une seule vie à cet enfer qui brûle les pierres, les corps, le ciel et les arbres. Qui brûle même l'espoir.

Le soldat doit avoir un vague sourire de satisfaction lorsque la mine cède sous ses efforts. Il se redresse, soulagé, heureux peut-être, l'engin de mort enfin inoffensif serré contre lui.

La grenade est arrivée du quartier ouest, lancée par un bras croate, et l'a fauché.

Le soldat s'effondre. Un mort parmi tant d'autres. Une tombe parmi des milliers. Quelque part, une mère, une femme, un enfant pleurent.

Aix-en-Provence, septembre 1993

Ce soir, je pleure. Je ne trouve pas le sommeil. Il fait nuit, je me suis levée, je te laisse dormir dans notre lit. Sur la table de la cuisine, je t'écris, mon petit garçon chéri. Tu avais à peine trois ans quand, au mois de novembre 1992, nous sommes partis de chez nous. Tu étais si petit, je veux graver à jamais le passé dans ta mémoire d'enfant. Où que tu sois plus tard, n'oublie jamais que ta vie a commencé là-bas, à Mostar, entre un homme et une femme qui sont nés sur les bords de la Neretva et qui s'aimaient.

J'avais quinze ans quand j'ai vu ton père pour la première fois. Lui, dix-huit… C'était hier.

Pourquoi l'ai-je quitté ?

Je vivais pour lui, je partageais tout avec lui. Il était macho, jaloux, mais je l'aimais. Il me protégeait, me gâtait, s'occupait de moi. Je n'imaginais pas la vie sans lui, et pourtant j'ai accepté de partir.

Pourquoi m'a-t-il laissée m'enfuir toute seule dans un pays inconnu, pourquoi n'est-il pas venu me rejoindre ? Pourquoi, entre son pays et sa famille, a-t-il choisi son pays ? Son devoir, c'était défendre Mostar, c'était aussi défendre sa femme et son fils.

Je suis fière de ton papa, Pedja. Ton papa qui est

resté défendre sa terre natale. Mais j'aurais préféré l'avoir auprès de moi. La fierté, c'est ma consolation, ce n'est pas mon amour.

Mes frères, mes cousins ont quitté Mostar, ils sont partis avec leur femme, leurs enfants. Ils ne se sont pas séparés. Pourquoi nous, qui nous aimions tant, ne sommes-nous pas partis ensemble ?

Ensemble... Me projeter dans l'avenir où je creuse déjà un espace où retrouver mon mari. Ne trouver la force de respirer qu'en rêvant au moment du retour. Le présent ne compte pas, c'est demain qui permet de résister. Demain, quand nous serons ensemble...

J'ai attendu que l'hiver s'éloigne, j'ai attendu le printemps, j'ai attendu tout l'été, Pedja, que ton papa m'appelle. Et aujourd'hui qu'un nouvel automne s'annonce, je n'ai plus de nouvelles. Il est là-bas, et je ne sais rien de lui. Drazan, pourquoi m'as-tu abandonnée ? Et moi, pourquoi t'ai-je abandonné, à l'automne, dans une ville à moitié détruite que l'hiver allait bientôt affamer ? Nous voulions juste mettre à l'abri un petit garçon de trois ans... Mais nous espérions tant nous revoir.

À peine partie, j'ai commencé à t'attendre.

Où est l'homme que j'aime ? Où est le père de mon enfant ? Pourquoi ne donne-t-il pas de ses nouvelles ? On tue là-bas, sur ma terre natale, on massacre, on pille, on viole... J'ai peur. Comment peut-il me laisser dans une telle ignorance ! Il imagine bien mon angoisse ! Pourquoi ne fait-il rien ? Est-il possible qu'il ne puisse passer un message à un cousin, un oncle, une belle-sœur ? Est-il possible que notre quartier assiégé soit devenu une prison où mon amour ne peut plus parler ? Pourquoi ne s'est-il pas battu pour s'échapper, pour venir nous rejoindre ?

Jamais je n'ai vécu seule, séparée de ma famille. Seule avec toi, petit bonhomme.

Écoute, mon Pedja, je vais te raconter notre histoire. Pour oublier l'attente, pour espérer le retour et la paix.

Écoute-moi, mon bébé, et n'oublie jamais ton pays, mon chagrin et mon grand amour pour ton papa.

Sur la table de la cuisine, j'écris ma peine sur un cahier d'écolière. Seule dans la pièce, seule avec les mots de ma langue maternelle, j'échappe à l'exil. Mais je sais déjà que l'angoisse, la panique vont paralyser ma main, tarir mon écriture. Il faut pourtant que je te parle, que je t'explique. Mais j'ai besoin d'aide pour fixer ces jours de colère et de souffrance. Tous mes souvenirs sont pour toi. Garde-les dans ton cœur d'enfant.

Écoute la Bosnie

Je me suis arrachée à mon pays, à ceux que j'aimais. J'ai tout laissé derrière moi. Devant, je n'ai que le vide, l'inconnu. Mon pays, la Bosnie-Herzégovine, se meurt. Bientôt le massacre s'achèvera, le feu n'aura plus rien à dévorer, Mostar aura disparu. Ma ville ! ô ma ville !

De ce pays où je me suis réfugiée, je devine tes flammes, je vois ton sang se tarir, j'entends le bruit des grenades et les cris d'épouvante. Mes amis d'hier t'ont massacrée. Ainsi disparaîtront Mostar, Sarajevo et toutes les villes qui poursuivaient le même rêve : vivre ensemble, toutes races, toutes religions confondues. Vivre heureux et en paix. Curieux des autres, tolérants toujours, prêts à accepter et comprendre la différence des autres frères.

Cette Bosnie-là n'est plus. Il n'y a plus d'espoir du côté des Balkans.

Mais n'aie pas peur, mon Pedja, je n'ai pas tout abandonné. Ma terre, celle de mon enfance, généreuse et joyeuse, je l'ai emportée accrochée à la semelle de mes souliers. Elle ne me quitte pas.

Là-bas chez moi, il n'y a plus rien. Plus d'âme, plus de justice, plus d'amour. Il n'y a plus que la violence et la haine. Nous ne vivrons plus jamais ensemble. Les loups ont tout envahi et réclament des vaincus. Là-bas, chez moi, il n'y a plus de Bosnie. Il n'y a plus d'Herzégovine.

La Bosnie d'hier, celle qui respectait et aimait le monde, a quitté les rives de l'Adriatique, elle s'est réfugiée en moi, elle coule dans mon sang, elle brille dans mes yeux, elle vit dans les baisers que je te donne, elle se glisse dans tous ces mots que je te confie, elle règne, survivante et victorieuse, dans mon cœur.

C'est de là que je te parle, mon Pedja.

Tu as si peu connu ton pays. Rentreras-tu un jour chez toi ? Sauras-tu jamais d'où tu viens ? J'ai peur que tu oublies ta langue maternelle, le serbo-croate. J'ai peur que mes racines, tes racines, disparaissent de tes rêves. Nous sommes nés en Bosnie-Herzégovine, nous vivions là-bas depuis des générations, ton père, ton grand-père, ton arrière-grand-père...

Qui sont ces fous, ces brigands qui nous ont arrachés à cette terre que nous n'avions jamais quittée, ni moi ni mes parents ? Le paradis s'arrêtait aux frontières de la Yougoslavie. Et aujourd'hui, nous sommes si loin de nos maisons, de nos villages. J'ai peur d'un exil sans fin.

Qui aurait cru que nous allions abandonner la montagne, les lacs, la rivière, les tilleuls de la grande rue, les jardins pleins de fruits, de fleurs et notre mer chaude et bleue ?

Moi qui, si souvent, ai récité les vers de mon poète préféré Aleksa Santič :

Ne pars pas :
Chez toi, chacun te tend la main fraternellement.

N'oublie pas Mostar

Là-bas, à l'étranger ne fleurissent que les ronces.
Sur ce sol de pierre, tout te retient,
Ton nom, ta langue, l'amour de tes frères et le sang du monde.

J'aurais voulu ne jamais quitter ma ville.

Vu du pont

Chez nous, le ciel est toujours bleu. Même s'il fait froid l'hiver, le ciel reste toujours pur. Il pleut rarement. Mais quand cela arrive, la pluie tombe longtemps. Une semaine de pluie sans discontinuer, et après la ville est propre comme du cristal. Un de nos écrivains, Pero Zubač, que tu liras un jour, j'espère, a écrit des poèmes qu'il a intitulés *Chansons sur la pluie à Mostar*.

C'est une ville claire et lumineuse. Le vent balaye et nettoie notre vallée. Tout autour, des collines de pierres et de buissons, et au nord de la ville, plus loin dans les terres, des lacs, des cascades et le plus beau cañon du monde avec des rives de plus de mille mètres de haut, au fond duquel coule ma rivière, la Neretva.

Au cœur de notre cité, il y avait ce fameux pont qui enjambait de son arche blanche et fine les eaux du fleuve, pont symbolique qui reliait l'est et l'ouest de la ville.

Ce vieux pont avait une longue histoire qui l'a rendu célèbre dans tout le pays. Bien souvent les poètes l'ont chanté, les artistes l'ont peint. Il était plus beau que le pont du Rialto à Venise que j'ai vu en photo. Formant un arc de pierre de trente mètres de long et de quatre mètres de haut, il avait été construit en 1557, en l'honneur de Soliman le Magnifique. Un chef-d'œuvre qui avait traversé les siècles pour nous rappeler notre passé.

C'était l'époque où les Turcs occupaient le pays. De nombreux Bosniaques, Serbes d'origine, s'étaient alors convertis à l'islam.

C'était il y a cinq cents ans. Toi et moi nous descendons de ces Slaves qu'aujourd'hui on appelle Musulmans [1].

Dans le temps, à chaque extrémité, il y avait deux tours de pierre d'où des soldats surveillaient le pont. Avant la guerre, dans une de ces deux tours, on avait installé un café turc. Les pierres blanches se reflétaient dans les eaux vertes de la Neretva. Le quartier historique, les vieilles maisons turques, les échoppes, les restaurants et leurs terrasses protégées de stores rouges et blancs se déroulaient le long de la rivière. Lorsqu'on construisait une maison neuve, on respectait l'architecture turque, pour ne pas dénaturer l'endroit.

Parfois, quand je traversais le pont, le vent soufflait si fort que je devais m'accrocher au rebord pour ne pas m'envoler. J'aimais toucher ces pierres polies par le temps, que tant d'hommes et de femmes avaient caressées en cinq cents ans.

Au mois de novembre 1993, les Croates ont pointé leur artillerie sur notre pont, le dernier, puisque tous les autres avaient été détruits. Ils ont tiré. Le pont s'est écroulé. La ville a été irrémédia-

1. Voir en fin d'ouvrage l'annexe sur l'origine des Musulmans bosniaques.

blement coupée en deux. Et l'âme de Mostar s'est noyée dans les eaux du fleuve.

Pedja, tu ne verras plus jamais le vieux pont que tu avais traversé dans les bras de ton père.

Jamais tu ne sauteras de la rambarde dans l'eau verte comme le faisaient les garçons de mon pays pour prouver leur bravoure.

Mes souvenirs me suivent partout

Aix-en-Provence est une jolie ville ! Elle ressemble à Mostar, avec un ciel très bleu, un vent fort qu'ils appellent le mistral, une grande avenue bordée d'arbres, le cours Mirabeau.

À Mostar aussi, il y avait une grande avenue. Elle était bordée de tilleuls. Elle s'appelait la rue Aleksa-Santič, en l'honneur du poète. Au printemps, les tilleuls fleurissaient. Et tout le quartier embaumait. Je repense souvent à ces vieux et grands arbres. Ont-ils été rasés par les bombes ? Coupés pour faire du feu ?

Il y avait aussi des places et des jardins pleins de lauriers-roses et de grenadiers. Là, assis sur les bancs chauffés par le soleil de l'après-midi, on se retrouvait entre voisins.

Une jolie ville méditerranéenne comme Aix. Et des sapins autour, sur la montagne. Je me souviens de la lumière de Mostar, étincelante. Elle éclaboussait les murs ocre, bleus ou verts de la vieille ville, jouait avec les reflets émeraude de la Neretva, scintillait sur les coupoles des mosquées, les lances des minarets, faisait flamboyer la blancheur des pierres.

Cette lumière-là je la cherche partout, aujourd'hui.

Je l'ai retrouvée, près d'Aix.

J'aime bien me promener sur le cours Mirabeau. Cela me rappelle les promenades du soir, le *korzo* de chez nous.

C'est pendant le korzo, que j'ai rencontré ton papa. Là-bas, tout le monde se connaissait, comme dans un village. Tu ne pouvais pas marcher dans la rue sans rencontrer un visage familier, sans saluer un ami ou un cousin avec qui tu bavardais.

À Aix, je vois beaucoup de vieilles personnes, et je pense à mon père, militaire à la retraite, qui connaissait tout le monde dans le pays et parlait à chacun de ses amis dans la rue.

Un jour, dans un magasin, j'aperçois une jeune femme qui ressemble à une de mes amies de Mostar. Je sais que ce n'est pas elle, mais je l'observe, je la dévore du regard. Je voudrais lui parler et j'ai le cœur qui pleure. Où est mon amie ? Pourquoi n'est-elle pas à Aix ?

Et je te récite, le soir, quand tu as les yeux clos, Pedja, les poésies de mon enfance :

Le long de la Neretva, en bas, la nature s'épanouit
Au-dessous, les lanternes du vieux Mostar
clignotent...
Il dort. Le clair de lune le recouvre d'un voile.

Il me faut recouvrir Mostar d'un voile pour calmer mon chagrin. Pedja, cette ville où tu es né était si belle, chaleureuse, vivante. Nous étions tous pleins d'amour les uns pour les autres. Nous étions tous égaux.

Oh ! mon petit garçon, pourquoi nos anciens amis nous tirent-ils dessus ? Pourquoi nos frères d'hier massacrent-ils les petits garçons et les petites filles de ton âge ? Que vais-je pouvoir te dire, plus tard, quand tu seras grand ? Que vas-tu penser de la vie quand tu découvriras l'ampleur du crime ? Quel homme deviendras-tu ? Heureusement, la France t'accueille et te donne l'espoir. Il n'y a pas que le mal et la mort.

La fête

On célébrait de nombreuses fêtes à Mostar. Au mois d'août, c'était la fête des Vendanges dans le vieux quartier. On buvait du vin et on dansait, accompagnés par les violons, le *kolo,* la danse de chez nous. On cueillait un raisin noir ou blanc qui s'appelle *hepog.* Tout autour de la ville, s'étendaient les vignobles. Que sont-ils devenus ?

Le 4 juillet, on fêtait la fin de la Deuxième Guerre mondiale, on organisait des concours, des jeux, des compétitions. Comme on riait sous le soleil d'été !

Au mois de novembre, le 25, on fêtait la création de la Bosnie-Herzégovine en 1943 et, le 29, la fête nationale de la Yougoslavie, enfin, le 14 février, c'était la fête de la libération de Mostar.

On pratiquait trois religions dans mon pays. Mes amis croates étaient catholiques, mes amis serbes orthodoxes, ma famille était musulmane mais athée. Moi je voulais faire comme mes amis. Nous fêtions tout, du Noël catholique à la pâque orthodoxe. J'aimais les œufs peints des Pâques chrétiennes, c'était si joli. Pour me faire plaisir, maman m'en offrait, je voulais être comme toutes les petites filles.

On fêtait Noël le 31 décembre. Les jeunes

couraient dans les rues en chantant et en lançant des pétards, on échangeait des cadeaux, on s'amusait et on s'aimait.

Il m'est arrivé d'accompagner des amis à la messe de minuit. Souvent, en France, je suis entrée dans une église pour brûler un cierge. Noyée par l'odeur de l'encens et le parfum des bougies qui se consumaient, je rêvais de mon retour à Mostar, de mes retrouvailles avec ton papa, de cette minute bouleversante où j'allais enfin pouvoir me jeter dans ses bras. Et il nous serrait tous les deux contre lui.

Près d'Aix, on nous a logés dans le presbytère, au-dessus de l'église du pays. Combien de fois suis-je descendue allumer des cierges pour le retour de ton papa ! C'est sombre, protecteur, silencieux, une église. À Mostar, les femmes n'ont pas le droit d'entrer dans les mosquées blanches.

Le prêtre d'ici passe deux fois par mois dire une messe dans cette petite église qui fait face à la montagne. Il dit des messes pour ton papa et mon cœur s'emplit de gratitude. Devant la porte de l'église, il y a, sur un socle, la statue d'une femme qui porte un long voile bleu. Je la connais, je l'ai vue dans les églises croates, sur les icônes orthodoxes. On l'appelle la Vierge Marie, on la dit miséricordieuse mais je ne peux pas lui demander de m'aider. Je suis athée. Pour moi, être Musulmane est ma nationalité, ce n'est pas ma religion.

Les hommes ont détruit mon pays, éparpillé ma famille. Et il n'y a aucun Dieu pour m'aider. Aucune Église pour m'ouvrir les bras. Peut-être est-ce plus facile de supporter le désespoir quand on a une religion ? Quand les hommes vous ont trahi, a-t-on davantage besoin d'un Dieu ?

Je suis athée mais j'avais la foi. Je croyais en la Yougoslavie et en l'avenir. Je croyais au communisme et à Tito. Je croyais à la fraternité et à l'entente entre nos peuples. Je croyais en une Bosnie heureuse de vivre et réconciliée avec elle-même. Le passé des pères et les guerres étaient chassés à jamais de la mémoire des jeunes.

Ton grand-père a servi Tito pendant quarante ans. J'aimais Tito. Je l'aimais énormément, c'était notre guide, notre président, celui qui avait sauvé notre pays.

Quand j'étais petite fille, un soir, mon père m'interrogea : « Qu'est-ce qui te ferait le plus plaisir au monde ? »

Je lui répondis : « Voir Tito. »

Mon Pedja, il arriva un miracle.

Le lendemain, Tito est venu en visite à Mostar. Pendant toute une journée, nous avons attendu, mon papa et moi, sur la grand-place. Je n'en pouvais plus d'énervement et de fatigue. Les places et les rues étaient noires de monde, mon papa m'avait hissée sur ses épaules.

Enfin Tito est arrivé en voiture, il nous saluait en faisant des signes de la main, il portait des gants blancs et moi j'agitais mon petit drapeau.

On s'est tous retrouvés au stade où un grand spectacle de bienvenue s'est déroulé. Il y avait la chorale du pays, des chants, des danses, des drapeaux partout. Le lendemain il est venu dans mon école, il est entré dans ma classe. Je l'ai vu. Il m'a peut-être regardée. J'avais six ans et j'étais amoureuse de Tito.

Le fiacre de mon grand-père

Mon grand-père maternel avait les yeux bleus, les cheveux châtains et une grosse moustache. Il était né à Dubrave, un village proche de Mostar, au siècle dernier. Il s'appelait Alija. Il s'est marié, juste avant la Première Guerre mondiale, à quarante-six ans, avec une jeune fille de dix-huit ans, Zineta. Il avait déjà un petit garçon qui avait alors cinq ou six ans, dont il n'avait pas épousé la mère. Ce petit garçon s'appelait Alija, comme lui.

La première fois que mon grand-père a vu ma grand-mère, elle marchait dans la rue. Il l'a trouvée jolie. Il s'est renseigné. Zineta, orpheline, était élevée par un vieil oncle grincheux. Il a envoyé un fiacre chez l'oncle. Dans ce fiacre, il y avait une robe de mariée à l'attention de Zineta. L'affaire a été conclue.

Ma grand-mère n'avait jamais vu son prétendant qui avait vingt-huit ans de plus qu'elle. Elle l'a rencontré la première fois le jour de son mariage. Peu de temps après les noces, mon grand-père a emmené sa jeune épouse à Sarajevo et lui a acheté un trousseau complet taillé dans les plus belles étoffes. Il lui a fait cinq enfants, deux filles et trois garçons.

C'était un riche propriétaire. Il possédait des

terres où il cultivait le blé et la vigne. Il avait fait construire des bâtiments autour de la ferme où il élevait des vaches et des chevaux.

Je me souviens, mon Pedja, d'être allée là-bas quand j'étais petite. Le verger était plein de pêches dont je sens encore le parfum. Il y avait aussi des mûres, des figues et des melons.

Mon grand-père ne possédait pas seulement des terres, il était aussi marchand de tissus. Il avait installé son magasin dans sa maison. Les jours de marché, il partait avec sa carriole et son cheval vendre des tissus au mètre, de village en village. Les affaires marchaient bien mais grand-père était dépensier et avait un peu trop tendance à jouer aux cartes.

Un jour, une nouvelle guerre a éclaté, en 1940. Le grand-père est parti se battre contre les Allemands avec ses trois fils aînés. Ils ont été faits prisonniers et expédiés en camp de concentration. Seul le plus jeune a pu s'échapper. Les autres sont morts, le grand-père aussi.

Et Zineta est restée seule pour élever quatre enfants.

Zineta

J'adorais ton arrière-grand-mère, Zineta.

C'était une femme énergique, courageuse, autoritaire, qui avait appris à se battre seule. Mariée sans amour à un inconnu, elle n'a pas toujours été heureuse mais, de son temps, les femmes slaves se devaient d'être dociles.

Toute la journée elle travaillait. Elle s'asseyait rarement. Elle ramassait les fruits dans le jardin, elle faisait le ménage, la cuisine, la vaisselle. Veuve, elle a élevé ses enfants sans beaucoup d'argent. Elle était pratiquante et chaque année respectait le Ramadan. Entre le communisme et la religion, elle avait choisi la religion. Ce choix personnel, elle ne l'imposait à personne. Elle ne mangeait jamais de porc, mais si nous voulions du jambon elle nous en achetait. Elle nous laissait vivre. Elle portait des robes longues et adorait broder, une passion dont ta grand-mère a hérité. Je me souviens d'elle tricotant des chaussettes pour toute la famille.

Elle n'est presque pas allée à l'école, elle a tout appris par elle-même. C'était au temps de la Révolution prolétarienne. Sauras-tu un jour ce que ces mots veulent dire, mon Pedja ?

Ma grand-mère Zineta et moi, nous nous entendions très bien. J'étais sa dernière petite-fille, nous étions complices, elle me racontait sa vie, son passé, l'histoire de son couple qui n'avait pas été très heureux, comme si j'avais été une amie de son âge.

Elle me préparait des omelettes avec du beurre. Je les mangeais avec du pain aux oignons tout frais qu'elle faisait elle-même. J'ai encore ce parfum dans la bouche, mêlé à celui des pêches. J'aurais voulu, mon Pedja, que toi aussi tu aies le droit à ces parfums-là.

Quelles odeurs y a-t-il aujourd'hui dans le village de ma grand-mère ? Les relents de cendres, de pourriture et de mort ont dû tout envahir, chassant à jamais l'odeur des fruits mûrs.

Chez nous, on avait l'habitude de prendre trois cafés par jour. Un petit café turc, très fort. C'était l'occasion de se réunir et de discuter tous ensemble.

J'en ai bu des cafés avec grand-mère !

Parfois son regard se voilait de tristesse quand elle parlait de sa jeunesse, de ses parents, morts très tôt, de cet oncle qui l'avait élevée mais qu'elle n'aimait pas.

Le jour de son mariage, elle s'est retrouvée seule, face à ce fiancé déjà âgé. Ce n'était pas un mariage d'argent, simplement un mariage de convenance. Il fallait une femme pour tenir la maison et faire des enfants. A dix-huit ans, Zineta est montée dans le fiacre envoyé par le grand-père et sa vie a été toute tracée.

Elle me parlait du mariage. « On n'a qu'un seul homme dans sa vie, disait-elle, on ne se marie qu'une fois et, si l'on est veuve, on continue son chemin solitaire en se dévouant aux enfants. Une veuve, si elle se remarie, c'est mal vu... »

Zineta savait lire et elle dévorait les journaux. C'était aussi une formidable cuisinière qui nous mitonnait de bons repas que l'on arrosait avec le vin blanc de la région, le *zilavka*.

Elle est tombée malade peu de temps avant mon mariage. Elle était à Mostar à la maison, chez nous. La tradition veut que les vieux meurent chez leurs enfants. Les envoyer dans une maison spécialisée comme on le fait en France, c'est impensable. C'est un péché mortel. Les maisons de retraite sont réservées aux personnes âgées sans enfants.

J'ai gardé ma grand-mère. Je dormais dans la même chambre qu'elle. Je me suis mariée mais très vite, après la cérémonie, je suis retournée la soigner. Même après mon mariage, je suis allée dormir auprès d'elle.

Elle est morte dans mes bras, le 13 février 1989, un mois après mon mariage. C'est moi qui l'ai veillée. Je t'attendais déjà, Pedja. Une vie s'en va, une autre arrive.

On a enterré ma grand-mère religieusement. Les femmes musulmanes n'ont pas le droit d'assister aux funérailles mais maman, sa sœur qui était professeur de piano, et moi, y sommes allées. Nous sommes restées derrière la porte de la mosquée, sous le regard critique des pratiquants.

Nous écoutions les chants, les prières. Je voulais être avec elle.

Chez nous, l'esprit de famille est très fort, tous les week-ends on se réunissait, on se parlait, on prenait nos repas ensemble, autour d'immenses tables.

Aujourd'hui, mon Pedja, tout a éclaté. Il n'y a plus que toi et moi.

J'ai peur de la solitude, je voudrais parler avec des hommes et des femmes de mon pays.

Kasim, ton grand-père

Mon père, Kasim, est le dernier fils d'une famille de six enfants. Son père, Avdo, appartenait à une riche famille pratiquante de Dubrave. À la fin de sa vie, il a réalisé son rêve : devenir *hodja,* un prêtre musulman à qui le mariage est permis.

Mon grand-père Avdo était un tyran qui terrorisait sa famille. Propriétaire terrien, il avait beaucoup d'argent mais était très radin. Il a quitté Dubrave pour s'installer à Mostar. Chaque année, il faisait un enfant à sa femme. Le dernier s'appelait Kasim, c'était ton grand-père. La pauvre grand-mère est morte en le mettant au monde en 1926, elle avait perdu beaucoup de sang mais son mari, très pratiquant, refusait qu'un médecin mette les pieds chez lui. Mon père, élevé par mon grand-père, a reçu une éducation dure, stricte, sans tendresse. Il n'a jamais appris l'amour à ses enfants.

Kasim, ton grand-père, ne sait pas recevoir parce que, dans son enfance, on lui a peu donné. Pauvre papa, il a eu une enfance si dure ! Il décida d'être officier de carrière. Mais à seize ans, il a tout quitté pour suivre dans la montagne les partisans de Tito : après la guerre, il est entré dans une école militaire à Karlovač, en Croatie. Il a rompu avec son père et abandonné la religion. Il est devenu communiste et a épousé ma mère qu'il avait rencontrée dans la Résistance.

Dur, oui, il était dur, ton grand-père Kasim. Il ne savait pas communiquer avec ses enfants. Avec moi, pourtant, ça allait mieux. J'étais la plus petite et j'étais une fille. Il était plus gentil, il s'occupait de moi. On faisait beaucoup de choses ensemble, on parlait, surtout quand j'étais petite. Après, il me surveillait trop. Il était sévère, possessif. Il ne comprenait pas que les temps avaient changé. Moi, il ne me voyait pas grandir, il était jaloux des garçons qui me tournaient autour. Lorsque ton papa me téléphonait à la maison, il raccrochait en disant que je n'étais pas là. Il n'a accepté de lui parler que le jour de mon mariage. Quand tu es né, il n'est pas venu me voir à l'hôpital.

Il a fallu que la guerre nous sépare pour qu'il change d'attitude. Alors, il m'a souvent téléphoné. Et pour la première fois de sa vie il m'a écrit dans une lettre : « Je t'aime. »

Mais il avait de l'amour au fond de lui. Il a fallu la guerre pour que ce sentiment émerge.

Toi, plus tard, Pedja, apprends à dire aux gens que tu les aimes. Ne laisse pas la haine te durcir le cœur.

Ma tante qui a dû changer de nom...

À Mostar, tu as une tante paternelle qu'on avait surnommée mère Téréesa. C'est Mejra, la sœur de Kasim, ton grand-père. Belle, douce, dévouée, elle était pour moi une seconde mère. C'est elle qui a élevé ses frères lorsque la mère est morte après la naissance du dernier fils. Elle a remplacé l'épouse disparue, comme il se doit pour une fille. Lorsque la mère meurt, la fille aînée prend le relais.

Toute sa jeunesse, elle a fait le ménage, la cuisine, veillé sur ses frères, sur son père, sur la maison.

À dix-huit ans, elle aussi a tout quitté et rejoint Tito et les partisans dans la montagne. Elle avait fait des études d'infirmière à Sarajevo et elle est partie sur le front soigner les résistants blessés. Elle se dévouait sans relâche et a sauvé de nombreuses vies.

Une fois la guerre achevée, elle s'est mariée avec un homme qui devait mourir tuberculeux. Elle n'avait que trente ans quand, jeune veuve, elle s'est installée à Mostar où elle a continué à exercer son métier d'infirmière à l'usine d'aviation Soko, aux portes de la ville. Elle s'est battue pour la libération de la condition féminine, elle s'est engagée dans l'action humanitaire, elle a fait tant de choses !...

Après la guerre, elle avait recueilli un petit orphelin dont elle s'est beaucoup occupée.

Moi aussi elle m'a beaucoup gâtée. Lorsque j'étais malade, elle me soignait. Elle m'a emmenée en vacances à Dubrovnik quand j'avais six ans. C'est là qu'est née ma passion pour la mer.

La tante Mejra est une femme tendre et généreuse, qui déborde d'amour. Elle est toujours vivante. Elle vit là-bas, à Mostar, dans le quartier croate, où elle habite avec une grande amie et son frère, tous deux croates. Elle a dû abandonner son nom musulman.

N'oublie pas tante Mejra, Pedja. Tu étais comme son petit-fils. Pense à elle qui est restée au pays.

Quand j'étais une petite fille...

J'ai aussi été petite, mon Pedja, comme toi. Je suis née en 1963, le 2 février, à Mostar, par une blanche et froide journée d'hiver. C'était la première fois depuis trente ans qu'il neigeait autant. Tout était bloqué, les routes impraticables. Safja, ma mère, n'a pu se rendre à l'hôpital. La sage-femme et le médecin sont venus à la maison. L'accouchement n'était pas simple, parce que je pesais cinq kilos et demi. C'est beaucoup pour un bébé fille, tu sais. Toi, à la naissance, tu pesais trois kilos six cents.

J'ai été un bébé gâté et heureux. Quand je suis allée à l'école maternelle, j'ai quitté pour la première fois ma maman. J'étais désespérée, alors je faisais plein de bêtises pour que la maîtresse me mette dehors et me renvoie à la maison. Toi, mon Pedja, qui vas à l'école en France, tu es très sage. Tu es plus sage que ta maman au même âge.

Je me souviens du jour où tu es parti avec ta classe visiter le musée d'Archéologie de Marseille pour suivre les traces des monstres de la préhistoire. Lors de l'exposition, la maîtresse a demandé : « Pourquoi les dinosaures n'ont-ils pas d'ailes ? » Silence absolu dans la salle, tous tes petits camarades cherchaient une réponse. Et toi, du haut de tes quatre ans, tu as levé la main et tu as dit : « Ils n'ont pas d'ailes parce qu'ils sont trop lourds pour pouvoir voler. » Ce jour-là, j'ai été fière de toi, mon fils, le petit Bosniaque, le petit réfugié, tu avais trouvé la réponse avant tout le monde. Tu m'as montré que j'avais un fils vif d'esprit. Pedja, je t'aime.

Quand j'avais ton âge, nous vivions à côté du chemin de fer de Mostar. Je regardais passer les trains, j'essayais de deviner le visage des voyageurs que j'apercevais à peine. À quoi pensent-ils ? Ont-ils des enfants ? Que font-ils ? Pourquoi voyagent-ils ? Où vont-ils ? Qu'y a-t-il au-delà de ma ville ? Comment est le monde de l'autre côté de la Bosnie-Herzégovine ?

Plus tard, avec mes parents j'ai voyagé. J'ai visité toute la Yougoslavie : le Monténégro, Belgrade, Zagreb, Ljubljana, Split, Dubrovnik, Sarajevo. Mais aucune cité ne m'a semblé aussi belle que Mostar. Pas une minute je n'aurais pu imaginer quitter ma ville natale, vivre ailleurs qu'en cet endroit magique, couronné de montagnes, où coulent, tantôt furieuses, tantôt apaisées, les eaux vertes des rivières.

Petite fille, j'avais un nounours. Bien vieux, bien sale, tellement chéri. Je ne dormais jamais sans lui. Pourquoi maman, prise d'une manie de rangement, l'a-t-elle un jour jeté dans la poubelle ? Quel choc ! Maintenant, c'est avec toi que je dors, petit garçon, c'est toi mon nounours.

J'avais aussi des poupées, mon Pedja, plein de poupées comme toi tu as plein de voitures. Elles étaient rangées dans ma chambre d'enfant. Quand je me suis mariée personne n'y a touché, et plusieurs fois je suis revenue, avec toi, dormir dans mon lit de petite fille au milieu de mes poupées.

Aujourd'hui, qui dort dans mon ancienne chambre ? Un milicien croate ? sa femme ? sa fille ? ou un petit garçon ?

Et ma chambre de femme ? celle où je dormais avec ton papa ? Éventrée par les bombes serbes, enfouie sous les décombres ! N'y pense pas.

L'autre nuit, j'ai fait un rêve. La guerre était finie et je rentrais chez moi dormir dans ma chambre de petite fille. Elle n'avait pas changé. Rien n'avait bougé. Je la retrouvais identique, semblable à l'image de mon enfance.

Je jouais aussi avec une collection de serviettes en papier, de toutes les couleurs, joliment décorées. Je faisais des échanges avec mes copines et je les rangeais dans un carton à chaussures.

Chaque semaine, maman m'achetait un journal, *Zabavnik,* dans lequel je découpais des silhouettes de petites filles en papier, et des vêtements de toutes sortes.

J'habillais, je déshabillais ma poupée de carton et mes ciseaux avaient découpé une garde-robe impressionnante.

Dans les jardins, avec mes amis, je jouais à l'élastique, à la marelle et au hula-hoop.

À côté de chez moi, vivait un garçon, Damir. Nous jouions beaucoup ensemble. Lorsque nous avons eu douze ans, mon professeur de physique m'a demandé de l'aider à faire ses devoirs parce qu'il avait du mal à suivre.

Où est Damir aujourd'hui ? L'ont-ils tué ?

À la grande école

Je suis allée à la grande école à l'âge de sept ans. Mes parents se levaient très tôt parce que, chez nous, on commence à travailler vers six ou sept heures du matin. À deux ou trois heures de l'après-midi, on a fini.

Quand on est petit, l'école dure de 11 h 30 à 15 h 30. Après, c'est plus compliqué. Les horaires alternent tous les quinze jours, tantôt de 7 à 13 heures, tantôt de 14 à 19 heures.

Dès le début, on nous apprenait deux systèmes d'écriture.

L'écriture cyrillique, celle des Russes et des Serbes, et l'écriture romaine, celle des Croates et des pays occidentaux. Cela nous semblait naturel. Ta grand-mère, lorsqu'elle était petite, allait à l'école religieuse du village, et là elle étudiait trois écritures : la romaine, la cyrillique et l'écriture du Coran, celle qui va de la droite vers la gauche.

Selon moi, c'est très important de connaître les deux écritures, cyrillique et romaine. C'est l'identité de l'Herzégovine et de la Bosnie, la trace écrite de l'alliance entre toutes les cultures, le symbole de mon pays réunifié.

Lorsque les Croates ont gagné les élections, ils ont tout de suite voulu changer le nom de nos rues, de nos places. Ils ont supprimé l'écriture cyrillique, imposé le catéchisme dans les écoles, rendu le croate obligatoire à la radio, à la télévision, et maintenant il y a une école pour chaque ethnie.

C'était si beau, mon petit garçon, ces écritures qui se mélangeaient dans nos cahiers. Une semaine l'une, une semaine l'autre.

Cela nous semblait si naturel, à nous les enfants. Pourquoi ont-ils ressuscité les haines ?

L'école est utile dans tous les domaines. Vers onze ans, pendant le cours de biologie, est venu un professeur spécial pour nous expliquer les transformations de l'adolescence, la sexualité, la grossesse. Moi, je voulais comprendre et l'école est venue à mon secours.

Cela m'a fait plaisir parce que, depuis plusieurs mois, je posais des questions et je n'obtenais aucune réponse. Mes parents, mon père surtout, ne me disaient rien. Ils étaient très timides et je sentais que l'on me cachait quelque chose.

Comment en vouloir à ma mère ? Elle s'efforçait de répondre à mes questions.

Elle m'a raconté que lorsqu'elle a eu ses règles la première fois, elle a d'abord été terrorisée. Elle s'est crue blessée, malade, en danger. Puis elle a pensé qu'elle attendait un bébé. Son angoisse a été encore plus grande.

Son père, inquiet, lui a demandé ce qu'elle avait. Devant son silence, il l'a emmenée chez le médecin. La grand-mère, Zineta, n'a rien osé dire.

Chez le médecin, ma mère a pleuré, pauvre petite fille trahie par la nature, par les adultes. C'est ainsi qu'on devenait femme, à l'époque.

Aimer la vie

Lorsque j'ai eu onze ans, j'ai été très malade. Cela a commencé à l'école, pendant le cours de gymnastique et s'est terminé à l'hôpital de Belgrade où je suis restée un mois dans le coma, et trois mois sous dialyse. J'avais enflé de partout. Mes reins étaient bloqués et mes deux frères m'ont offert les leurs pour une greffe. Heureusement, cela n'a pas été nécessaire et j'ai réussi à guérir. Mais, à la veille de mes douze ans, je pesais vingt-cinq kilos.

Depuis ce temps-là, je me suis mise à aimer la vie avec férocité. On aime encore plus vivre quand on a failli mourir.

J'ai découvert le plaisir de me réveiller, le matin, en bonne santé.

La vie est si précieuse. Tout le monde doit en prendre soin. Je suis rentrée chez moi, après huit mois d'hôpital. Dans ma chambre d'enfant, à la maison, il y avait un canari. Il n'arrêtait pas de chanter pour me donner du courage. Ma mère m'a raconté que lorsque l'oiseau s'est mis à chanter, elle a compris que j'allais guérir et rentrer à la maison.

Mon joli petit chat noir, Garo, lui aussi m'attendait pour jouer. Malheureusement il s'est blessé avec les épines des cactus que papa avait plantés sur le balcon. Et il est mort à un an. Ton grand-père a pleuré.

Damir, mon camarade, m'apportait les devoirs de l'école et m'expliquait ce que les élèves avaient appris dans la journée.

Et je grandissais. Étroitement surveillée par les médecins, jusqu'à quinze ans, mais sauvée et à nouveau forte. À quatorze ans, je suis entrée au lycée.

L'étudiante

Au lycée, ma matière préférée était la chimie. J'adorais les expériences en laboratoire, manipuler les éprouvettes, jouer avec les produits, les mélanger, les transformer. J'aimais les odeurs fortes qui se dégageaient. J'avais l'impression de posséder un pouvoir magique.

À dix-huit ans, mes études secondaires terminées, j'avais un projet avec une copine : nous voulions partir l'année suivante suivre des études de biologie et de chimie à la faculté de technologie de Split. Mon père s'y est opposé formellement et ton papa, que je connaissais déjà, aussi.

« Une fille de dix-huit ans ne peut vivre dans un appartement sans surveillance... C'est dangereux. Split est un port, il y circule de la drogue, il y a des trafiquants... » Tous les hommes de la famille étaient contre moi. Et moi, on m'empêchait de choisir ma vie.

Chez nous, c'est plus facile pour une fille de travailler que de faire des études. Je faisais partie de la première génération qui voulait aller à l'université avant de se marier, comme on fait en France.

Ma mère, Safja, me poussait à étudier. Elle, elle n'avait pas pu le faire. Quand elle était jeune, après la guerre, elle s'était inscrite dans une école. Elle y allait en cachette. Quand la famille découvrit la vérité, on l'obligea à abandonner. Ma grand-mère exerça sur elle un véritable chantage affectif. Puis vint le mariage et ce fut fini. Ma mère voulait que ce soit différent pour moi. Souvent, elle travaillait avec moi et m'encourageait.

Mon père, lui, était contre les études des filles. Finalement, j'ai pu aller à l'université, mais à Mostar, à la « Demal Bijedič ». L'université, c'était le rêve de toutes les filles de ma génération.

J'ai été heureuse, je faisais des expériences sur des animaux vivants (ce qui me rendait un peu triste, mais c'était nécessaire, mon Pedja) ou avec des oiseaux morts, dans le formol.

J'étais jeune, on me disait belle. Pour mes dix-huit ans, on a organisé une fête à la maison pour la famille et une autre pour mes copains. On a dansé le rock et des slows. Drazan, ton papa, est arrivé avec un énorme bouquet de fleurs roses. J'étais tellement contente que j'ai pleuré.

Quand j'avais quinze ans, il y a longtemps

Des années-lumière avant la guerre, j'ai eu quinze ans. J'avais deux grands frères de treize et onze ans plus vieux que moi. Comme j'étais très curieuse, dès qu'ils avaient le dos tourné, j'allais fouiller dans leur chambre et j'écoutais sur leur vieil électrophone les Beatles et des disques de musique militaire.

Mais ma vraie passion, c'était la lecture. J'ai grandi avec les livres. J'aimais plonger mon nez dans les pages pour respirer l'odeur du papier neuf. C'était mon plaisir. Mes auteurs préférés sont notre écrivain de Mostar Aleksa Santič, Dero Zubač et Ivo Andrič qui a eu le prix Nobel de littérature en 1961, avant même que je ne sois née. En fait, je ne faisais que suivre l'exemple de ma mère, qui lisait énormément.

J'aimais m'instruire, découvrir de nouvelles choses sur le monde, dévorer les encyclopédies. J'aimais aussi les romans étrangers : Dostoïevski, Maxime Gorki, Kafka, Shakespeare, Zola, Flaubert, les sœurs Brontë, Hemingway.

J'avais des livres plein ma maison et plein mon cœur. À l'école, j'étais dispensée de gymnastique puisque j'avais été malade. Alors, pendant les cours d'éducation physique, je lisais.

Mon Pedja, tu ne dois jamais oublier qu'à Mostar nous avions une très belle bibliothèque qui, sous l'égide de l'Unesco, faisait partie du patrimoine mondial. On l'a bombardée.

Je chantais, aussi. Jusqu'à la fin de l'université, j'ai fait partie d'une chorale. Je suivais des cours de chant à la Maison de la culture Abragevič, là où il y avait le conservatoire et un théâtre. À Mostar, tous les petits enfants allaient au théâtre, c'était gratuit. Pendant les vacances d'hiver, en janvier et en février, on y allait chaque jour.

On en faisait des choses à Mostar, avant la guerre !

Ma ville est à une heure de la mer. C'était facile, le dimanche, d'aller pique-niquer sur une plage. La mer là-bas est chaude et bleue. On la dit traîtresse du côté des îles. Mais quand le soleil brille, c'est un lac d'azur. Ah ! la mer, c'est un autre monde. Je vivais pour elle, je m'y plongeais et c'était le délice.

Quand j'étais enfant, avec mes parents, on prenait le camping-car et on allait deux mois à la mer, dans le Monténégro, ou en Croatie, à Kleck et Kupari.

Un jour, j'espère, tu connaîtras le Monténégro. C'est sauvage, superbe. Le long des plages de l'Adriatique, il y avait des hôtels d'État, pas chers. Comment est le Monténégro aujourd'hui ? C'est un pays protégé par sa grande montagne noire. Cela a-t-il suffi ?

Dès que tu as eu huit mois, mon Pedja, je t'ai emmené dans l'eau avec moi. Tu y étais heureux, tu riais. On n'avait jamais froid, jamais peur. Le ciel, la mer, la montagne, j'avais trouvé mon paradis.

Tu regarderas sur une carte de géographie, je te

montrerai le Monténégro. C'est loin, mais pas tant que ça. Le paradis, ce n'est jamais aussi loin qu'on le pense. Jamais je ne retrouverai une mer aussi belle, aussi sauvage, avec des plages aussi tranquilles. On ne retrouve jamais son enfance.

Je voudrais que toi aussi tu aies une petite plage chaude et douce dans tes souvenirs d'enfant. Près d'Aix, il y a sûrement une plage qui ressemble à mon passé. Une mer bleue comme chez moi... Je t'emmènerai, mon Pedja...

Une fleur, un collier et un bracelet

Quand j'avais dix-huit ans, je croyais au progrès. J'étais encore au lycée. Au cours de l'année scolaire, le professeur principal, qui nous suit pendant quatre ans, a proposé aux bons élèves de s'inscrire au parti communiste. Ce n'était pas une obligation, mais une offre, une proposition. Nul ne serait puni s'il refusait. J'ai tout de suite dit oui. Le professeur principal a transmis ma candidature au directeur de l'école. C'était très important pour moi. Je voulais entrer dans le système, participer à la vie de la patrie, me rendre utile à mon pays. J'avais un idéal.

Une réunion a été organisée entre le professeur principal, le directeur, les élèves qui étaient déjà au Parti et le secrétaire du Parti. Chaque élève s'est présenté avec son dossier.

Ce dossier était composé de deux parties. La première était historique et préparée avec l'aide d'un enseignant. La seconde concernait le candidat, sa conduite depuis sa naissance, sa famille, son comportement. Suivait ensuite un vote démocratique pour décider si l'élève était accepté ou refusé.

Pour moi, c'était facile, mon père était officier et communiste, j'avais un grand-père maternel au Parti depuis 1927.

Si on avait des convictions religieuses, il était

inutile de se présenter. La religion ou le Parti, il fallait choisir. Si on était croate catholique et croyant, personne ne vous empêcherait de pratiquer mais pas question de s'inscrire au parti communiste.

Il m'a semblé que certains adhéraient parfois au Parti pour bénéficier de privilèges tout en ayant des convictions religieuses. Ce n'était pas normal. Tous les communistes doivent être athées.

Le jour où je suis entrée au Parti, mes parents ont mis dans ma chambre une fleur rouge, la même qui est sur le drapeau bosniaque. Ton papa aussi était très fier, Pedja, il m'a offert un collier en argent avec un médaillon et un bracelet.

Tu vois, Pedja, pour les gens sincères, c'était simple, chez nous. Les juifs, les catholiques, les musulmans, les orthodoxes, cela ne faisait pas de différence. Les communistes, eux, étaient athées et tout le monde vivait côte à côte.

Il fallait se rendre aux réunions du Parti, une fois par mois, à l'école, à l'usine ou dans le quartier.

Dans ces réunions, se retrouvaient des gens des villes et des gens des campagnes. La mentalité des camarades venant des villages était différente de la nôtre. Ils n'étaient pas modernes, en retard sur tout ce qui concernait la condition féminine. Il y avait un réel décalage entre eux et mes copains.

Pendant les réunions avec le secrétaire du Parti, on discutait pour élaborer un programme, pour l'amélioration de notre ville. C'était une réflexion à la fois politique et économique.

Plus tard, à l'université, on nous demandait notre avis sur le programme du Parti et on organisait des débats.

Lorsque j'ai eu vingt-quatre ans, j'ai trouvé que le parti communiste avait changé. Les objectifs s'étaient détériorés, je n'étais plus d'accord, j'ai quitté le Parti.

Ton papa, lui, est resté. Il avait confiance. À son avis, il s'agissait d'une crise qui n'allait pas durer. Il était optimiste et croyait au changement. C'était un idéaliste et un homme sincère.

Le Parti est mort, en 1989-1990, sous les coups de boutoir du nationalisme. Tu n'étais pas encore né.

Quand je vois, Pedja, mon pays s'ensanglanter, la haine s'installer, toute mon admiration pour notre ancien chef, Tito, remonte. C'est un homme qui a lutté contre tout le monde pour arriver à son but : gouverner un pays unifié. Il ne faisait aucune différence entre les Croates, les Serbes, les Musulmans. Nous formions tous, à égalité, un seul peuple. Nous étions yougoslaves et bosniaques. Nous avions pris le nom de la terre qui avait vu naître nos aïeux. Nous avions, avec détermination, détourné les yeux du passé, nous ne voulions rien savoir des anciennes luttes qui avaient opposé nos ancêtres. Seul l'avenir nous intéressait. Nous étions au-dessus de toutes les rancœurs des anciennes générations. Nous n'avions connu, nous, les jeunes, que la paix, la coexistence et la fraternité. Nous rêvions de faire vivre un modèle de tolérance et de cohabitation fraternelle. Les luttes du passé, c'était le problème des anciennes générations, pas de la nôtre.

Le Petit Prince

Quand je vois ce qui se passe aujourd'hui dans mon pays, je me dis que le communisme avait du bon. Sa chute a engendré un nationalisme criminel.

Je pense souvent à mes amis : à Damir qui était musulman, à Branka, aujourd'hui en Allemagne, qui était serbe, à Mirella, serbe aussi, musicienne mariée à Sarajevo et dont je n'ai plus de nouvelles. À mon grand copain Svonimir, croate, médecin, réfugié en Norvège, qui travaille maintenant pour l'association Médecins sans frontières. (Il retourne souvent à Mostar pour porter des médicaments et soigner les blessés.) À Emir, musulman, à Medad, mon copain d'école, tué à trente ans, comme tant d'autres.

L'origine de mes amis ne m'intéressait pas. Ils pouvaient être serbes ou juifs, croates, tziganes ou musulmans, qu'importe ! S'ils me plaisaient, je les aimais. Pense que ta tante, la femme de mon deuxième frère, était croate et que je ne le savais même pas ! C'est la guerre qui me l'a fait découvrir.

Te souviens-tu, Pedja, de la maîtresse d'école qui te lisait un joli livre : *Le Petit Prince ?* Tu te rappelles le renard ? Et ce qu'il disait au Petit Prince : « Voici mon secret. Il est très simple. On ne voit bien qu'avec le cœur. L'essentiel est invisible pour les yeux » ? Pedja, tu es mon Petit Prince. Apprends à voir l'essentiel. Apprends à ton cœur à voir Mostar dans le mien.

Premier amour

Souvent, je regarde ta tignasse blonde et j'écoute ton rire heureux. Un an déjà que tu vis loin des bombes. La nuit encore, il t'arrive de crier, mais le jour, tu es heureux. C'est ce bonheur que je veux entretenir.

Je vais te raconter une belle histoire. Ferme les yeux, écoute-moi. Moi aussi, je ferme les yeux. Je suis les conseils du renard du *Petit Prince*. Je regarde mes souvenirs avec mon cœur.

Je vois une toute jeune fille de quinze ans, en train de devenir une petite femme. C'est moi. Je me promène avec Branka dans une rue de Mostar qui s'appelle Lenjinovo Setalite. C'est une rue bordée de platanes, proche d'une université et de la bibliothèque. Le long des trottoirs il y a des bancs où s'assoient les étudiants, le soir, pour bavarder à la fraîche.

Je me promène, bras dessus, bras dessous, avec Branka. L'air est tiède, il y a des jeunes partout, des rires, des plaisanteries. Un groupe de garçons, là-bas, sous les arbres... Tout à coup, quelqu'un me siffle.

Un garçon se détache du groupe, s'approche de moi, me parle. Il m'interroge : « Que fais-tu dans la vie ? » On échange quelques mots. Je ne m'attarde pas longtemps, je dois rentrer tôt chez moi, mes parents m'attendent, ils sont sévères et moi je suis encore jeune.

Sur le chemin du retour, Branka est excitée. « Tu as vu ce beau garçon ! » Je hoche la tête, pas trop convaincue par cet inconnu. Mais chaque soir, lorsque je me promène, il est là. Il m'attend, il me demande de m'asseoir à côté de lui, il me regarde, il me parle. Et j'apprends à le connaître.

C'est mon premier garçon, et ce sera ton père. Étudiant dans une école de bâtiment, il veut devenir ingénieur. Il a beaucoup de copains. Certains, il les a connus lorsqu'il était scout. Chaque quartier de la ville a ses scouts. D'autres faisaient partie de son équipe de basket. Il est chaleureux, cordial, il aime être entouré d'amis. Il n'est pas très grand, mais il est souple et agile.

Il m'intègre à son groupe. Avant, je ne me promenais qu'avec Branka et des filles. Avec Drazan, je fais partie d'une bande de garçons et de filles, un peu plus âgés que moi. On sort tous ensemble, on joue de la guitare dans les jardins, on s'assoit aux terrasses des restaurants, on boit du café, du chocolat.

Il fait tiède, la brise nous rafraîchit. On déambule, main dans la main, en riant, le long de la Neretva. Tant d'images tendres et drôles du temps où la vie ressemblait à la vie. Derrière un mur séculaire, à l'ombre de la vieille ville, on s'embrasse, on rêve. L'amour, peut-être... Déjà ? J'ai quinze ans... J'ai toujours dans le cœur ces traces de joie, d'émerveillement, que je caresse de temps en temps pour me souvenir.

Soirées de rêve et de gaieté, toujours trop courtes.

Mon père est autoritaire. J'ai une heure de liberté, le mercredi, le samedi et quelquefois le dimanche. Pas une minute de plus : de 20 h 30 à 21 h 30. Cela durera six ans, jusqu'à mes vingt et un ans.

Cela ne m'empêchera pas d'aller dans les surboums, l'après-midi avec des garçons. On danse le rock. Je suis heureuse, même si je suis très surveillée. J'aurais bien voulu voir ton père plus souvent. Seulement j'étais occupée par mes études et le travail à la maison. Depuis que j'ai six ou sept ans, j'aide maman à faire le ménage, à cuisiner.

Lorsque j'ai eu dix-neuf ans, ton papa et moi nous sommes disputés. Il disait que j'étais trop naïve, il avait envie d'une vraie femme, avec qui il pourrait vivre une vie d'homme. Je n'avais pas été élevée ainsi. Chez nous, les filles doivent rester pures. Il me quitte pour une autre, plus moderne. Je pleure tellement. Moi je l'aime, je suis là. Pourquoi a-t-il besoin d'une autre ? Qu'est-ce qu'elles ont de plus que moi, les autres ?

Pendant un an et demi, ton père et moi ne nous sommes plus adressé la parole.

Je sors avec un autre garçon, Zoran, il a mon âge, il est à l'école militaire. Mais c'est différent, ce n'est pas ton papa. Je suis triste, solitaire, je pense toujours à lui. Personne, chez moi, ne s'intéresse à mes chagrins d'amour, ne cherche à me comprendre.

Et puis Drazan est revenu. On s'est réconciliés. On est restés ensemble longtemps. Il fallait trouver du travail, être autonomes... On s'est mariés, j'avais vingt-six ans.

Tu es né tout de suite, mon Pedja. C'était le bonheur. Cela aurait pu l'être si la guerre et les bombes n'avaient fait exploser notre vie.

Un jour, tu auras dix-huit ans, comme ton papa quand je l'ai connu. Te promèneras-tu, toi aussi, quand le soleil décline derrière les toits et que toutes les filles du quartier descendent dans la rue, profitant de la liberté du soir ? Où seras-tu ? Quelle fille rencontreras-tu ? D'où viendra-t-elle ? Quelle langue parlera-t-elle ? Le serbe, le croate ou le français ?

Tu es un enfant né de l'amour

Ton papa était serbo-croate. Son histoire a commencé quand une femme croate, Draginja, a aimé un homme serbe de Mostar, Stanko.

Cette Croate a épousé ton grand-père, contre la volonté de sa famille. Et ils ont eu deux garçons. Eux et nous étions le ciment de la nouvelle Yougoslavie. Moi, musulmane, quand j'ai épousé ton papa serbo-croate, personne ne s'y est opposé. Ni ma vieille grand-mère Zineta, ni mon père. Nous avions tous foi en cette Yougoslavie de Tito, en ce communisme porteur de fraternité.

Ton grand-père était conducteur de camions. Il a travaillé pour les militaires avant de se convertir dans le privé. Il est mort à cinquante-quatre ans, alors que ses fils étaient encore jeunes. Ta grand-mère paternelle était comptable dans une imprimerie.

Ton papa a fini ses études vers vingt-trois ans, mais il n'a pas trouvé de travail tout de suite. Pendant deux ou trois ans, il a vécu de petits travaux de plomberie pour les gens du quartier. Le chômage existait déjà à Mostar... Enfin il a été engagé dans une entreprise d'État, Vodovot, comme ingénieur hydraulique.

Drazan, mon amour de jeunesse... Un amour qui dure et ne s'envole pas avec les premiers pas dans l'âge adulte. Un rêve, un jeu d'adolescents qui, peu à peu, grandit, forcit et devient une passion de grande personne.

C'est une belle et longue histoire que la nôtre. Qui n'a pas toujours été facile.

Quand on est jeune, que l'on vit dans une société patriarcale, on est réchauffé, protégé par la famille, mais en même temps on est prisonnier de ses rites, de son conformisme. La liberté d'aimer se négocie.

Dès qu'il s'agissait de moi, mon père ne voulait plus entendre parler de garçons. Il lui arrivait même d'être méprisant lorsqu'il me voyait triste parce que je partais en vacances et que j'allais être séparée de Drazan : « Quand elle était petite, elle jouait avec les animaux, maintenant elle joue avec les garçons ! » Il ne me comprenait pas. On avait un tempérament jaloux, dans la famille. Et j'avais un père très possessif. Il n'a pas adressé la parole à Drazan, il a refusé de le recevoir à la maison tant que la situation n'a pas été officialisée, tant que je n'ai pas été aux yeux de tous fiancée, la bague au doigt.

Ma mère, comme toutes les femmes, était plus romantique, plus compréhensive.

Mais comment officialiser une situation quand on n'est pas sûr d'avoir un vrai travail, quand le chômage vous bloque ? Et puis, c'était à moi de choisir ma vie, ce n'était pas le titre officiel de fiancée qui changerait mes sentiments.

Quand mon père s'absentait de la maison, maman ouvrait la porte en cachette à Drazan qu'elle aimait bien. Elle ne voulait pas me voir triste. Être amoureuse à vingt et un, vingt-trois ans, c'était mon droit, c'était normal, c'était heureux.

Les souvenirs remontent en désordre au fil de ma mémoire.

Mon Pedja, plus tard tu comprendras mieux cette joie qui me déchire : faire revivre le couple d'amoureux de Mostar. Je ferme encore les yeux, et je retourne sur ma terre.

J'ai vingt ans, je suis folle de ton père, je me promène serrée contre lui, sur le vieux pont. Au moins, j'ai vécu cela. Ces moments-là, personne ne pourra me les arracher. Ni la guerre, ni les bombes, ni la haine.

Ils ne tueront jamais mes souvenirs. Mon passé est là, avec moi, enfermé dans ma tête, protégé par ma mémoire. Jamais l'oubli n'effacera ce que j'ai vécu. C'est ma seule richesse, je te la donne. Tu fais partie des enfants qui ont eu la chance de naître d'une vraie histoire d'amour. C'est un trésor inestimable, pour toute une vie. Même loin de chez toi, tu resteras l'enfant d'un amour, né à Mostar. Voilà ta véritable identité.

Si tu es un petit réfugié, tu es aussi le messager de ton père. Drazan sera toujours avec moi, puisque tu es là et que je te parle de lui.

Tu es le fils de notre espoir et de nos volontés. Nous n'avons pu t'offrir l'avenir dont nous rêvions, mais tu seras le gardien de nos rêves passés.

Drazan et Émir

Quand je me suis fiancée, on a organisé une grande fête chez moi. Ton papa et moi avons choisi une jolie bague chez un bijoutier de la ville. La joaillerie est la tradition artisanale d'un de nos quartiers, le Kujundziluk. Et c'est ta grand-mère paternelle qui l'a achetée et me l'a offerte.

Nous nous sommes mariés en janvier 1989. J'avais un ensemble pantalon rose et un bouquet de fleurs. Un pantalon rose pour se marier ! Je bousculais les traditions, on m'a critiquée mais j'ai tenu bon. C'était mon mariage, mon choix, et je plaisais à ton père. Ce jour était l'aboutissement de tant d'années où s'étaient mêlés l'amour, les rêves, l'espoir et quelquefois les malentendus. C'est peut-être naïf à dire, mais ce fut le plus beau jour de ma vie. Tous ceux que j'aimais m'entouraient, tous les témoins de mon enfance levaient en riant un verre à ma santé, on chantait, on dansait.

Le meilleur ami de Drazan, le complice de tous ses jeux depuis l'école primaire, Émir, était notre témoin, et dans l'allégresse nous parlions ensemble de notre jeunesse et des bonheurs qui nous attendaient.

La coquetterie des filles

À Sarajevo, les journalistes occidentaux s'émeuvent de la coquetterie des femmes bosniaques, malgré leur peur et leur misère.

Les filles de mon pays sont belles et aiment s'habiller, se maquiller, se coiffer. Enfant, je prenais le rouge à lèvres de ma mère, je lui empruntais ses vêtements et je jouais à l'hôtesse de l'air devant la glace.

À quinze ans, je me suis maquillée en cachette. Je suis sûre qu'en France les filles font la même chose. On sort de la maison toute candide, et dans la cage d'escalier, hop, vite, on se maquille ! Au retour, toujours dans l'escalier, démaquillage rapide avec un mouchoir. Je mâchais aussi un chewing-gum pour me parfumer l'haleine. Maman s'approchait de moi. « Souffle », disait-elle, elle voulait savoir si j'avais fumé. Je sentais la menthe !

J'ai porté ma première minijupe à dix-sept ans.

Mon frère et sa femme habitaient avec nous et, chance pour moi, ma belle-sœur était très coquette. Elle me donnait souvent des vêtements, me prêtait son maquillage. Nous faisions des échanges. Grâce à elle, je pouvais m'habiller comme une grande et être élégante. Lorsque j'étais un peu trop « sexy », je mettais un long manteau pour cacher ma tenue et partais en courant.

Un jour, je suis tombée en arrêt devant une robe, dans un journal. J'ai acheté le tissu et je suis allée voir ma voisine qui avait une machine à coudre. Pour me faire plaisir, elle a réalisé ce modèle qui me plaisait tant. Joli souvenir d'une gentillesse passée.

Petits moments heureux de mon adolescence. Être coquette, oui, nous le sommes toutes, les Serbes, les Croates, les Musulmanes.

Du fond de mon chagrin, j'ai encore ce réflexe, je ne sors pas sans rouge à lèvres, je prends soin de mes cheveux, j'aime les colifichets. Quand une amie française m'offre une jolie chose pour me voir sourire pendant quelques minutes, je me souviens que je suis une femme, que j'aime plaire, voir dans la glace une silhouette qui me séduit.

Une récréation... Un court temps d'oubli.

On ne peut pas toujours vivre dans les larmes. Tu l'as bien compris, toi, mon petit homme, qui, un samedi, sur le marché d'Aix, est tombé en arrêt devant une ceinture d'argent. « Oh ! ça, c'est chouette pour maman. » Tu parles déjà comme un petit Français du Sud, tu emploies des mots que je ne connais pas.

L'autre jour, tu m'as dit que ton copain « était fada, complètement con »... Il faudra que je demande à mes amis français de me traduire. Je voudrais que tu parles bien.

Je vois Drazan au fond de tes yeux...

Nous nous sommes aimés longtemps, ton papa et moi, mais notre mariage a été court, de janvier 1989 à novembre 1992.

Je voulais un mariage qui dure toute la vie.

Après le mariage, je suis allée vivre chez ma belle-mère. C'est la tradition chez nous : la famille vit ensemble. Les parents aident les enfants, gardent les bébés. Ainsi les jeunes couples peuvent-ils faire des économies et partir, un jour, s'installer chez eux.

Mon frère a vécu treize ans chez mes parents avant d'avoir son propre appartement. C'est la tradition, c'est aussi la crise du logement.

Je vivais chez Drazan. Je ne sais pas comment cela se passe en France, mais en Herzégovine, ce n'est pas facile de vivre avec sa belle-mère.

La mienne adorait son fils, elle était possessive et passionnée, jalouse de moi. Nous étions deux femmes pour nous occuper de la maison et nous avions chacune notre méthode. Moi, je voulais faire comme maman m'avait appris. Elle, elle avait ses manies. Bref on se disputait, ou plutôt on se parlait très peu.

Je me plaignais à ton père mais, lui, toutes ces histoires le fatiguaient.

La maison de ta grand-mère était vaste, avec un grand jardin. Mes parents venaient souvent nous rendre visite. Ils s'entendaient bien avec ma belle-mère.

Ton papa était un mari formidable. Il m'aidait pour les travaux ménagers, il cuisinait, il rangeait, il faisait des courses. Il y a peu d'hommes comme lui. C'était un gentil macho.

Tu t'es annoncé tout de suite. Tu étais pressé de vivre et de connaître Mostar. Peut-être avais-tu deviné qu'il te restait peu de temps.

J'étais enceinte, on faisait la fête avec les copains, et moi je parlais tout le temps à mon ventre, persuadée que tu étais une fille, parce que j'en avais envie. Et tu es né garçon comme ton papa.

Tu es né un soir de novembre, à 22 h 30. Pendant toute la journée, j'ai eu des contractions. Dehors dans la rue, ton papa s'était installé sous les fenêtres de la maternité et il sifflait les airs que nous aimions pour me donner du courage et me faire comprendre qu'il était avec moi. Une de mes cousines qui travaillait dans le service m'a aidée à accoucher. Ç'a été long, mais tu es arrivé. Si beau ! Magnifique ! Je pensais attendre une fille, mais quelle joie d'avoir un petit garçon !

Quand nous sommes rentrés de la maternité, je t'ai déposé dans ton berceau. Ton papa est resté, là, à te regarder. Il n'osait pas te toucher, tu semblais si fragile, une miniature.

Ton papa rêvait, il essayait de t'imaginer dans

vingt ans. Il lui semblait impossible qu'une si petite chose puisse devenir un jour une grande personne.

Ton papa voulait que tu fasses du foot.

Je voulais que tu prennes des leçons de piano.

Je voulais aussi une grande famille. Aurai-je encore des enfants ?

Quand on disait que tu étais le portrait craché de ton papa, je me fâchais. Je m'exclamais : « Et moi ? C'est moi qui l'ai fait ! » Aujourd'hui plus tu grandis, plus tu ressembles à ton père. Quel miracle pour moi ! Je vois Drazan au fond de tes yeux.

La Pizzeria du Golf

Tu sais, mon petit homme, trouver un travail n'est pas facile, même en France qui est un pays riche.

Le travail est rare. À Mostar, ce n'était pas trop grave, on s'arrangeait. On faisait des petits travaux, on avait deux métiers, les générations s'entraidaient, les parents soutenaient les enfants.

Après l'université, je n'ai pas obtenu d'emploi de biologiste. J'ai été vendeuse pendant un an et demi dans une bijouterie qui appartenait à un cousin de Drazan.

C'est joli, les bijoux. Il y avait les touristes...

Ensuite je me suis mariée, j'ai été en congé maternité, puis au chômage. Et enfin j'ai eu un poste de professeur intérimaire de biologie, à mi-temps. C'était un bon début, et cela me plaisait beaucoup. Je retrouvais ma passion des expériences, des laboratoires. Je travaillais de 7 h 30 à 13 h 30. Mes parents s'occupaient de toi pendant que j'étais au collège.

L'après-midi, j'avais du temps. Et des idées. Quand j'étais étudiante, j'avais été serveuse dans une pizzeria. Évidemment, mon père et le tien, Drazan, avaient été furieux et jaloux !

Mais, une fois mariée, j'ai eu envie d'ouvrir une pizzeria avec ton papa. Nous avions suffisamment d'amis pour la remplir chaque soir.

C'est Drazan qui a déniché un joli endroit, boulevard de la Révolution, une belle salle de soixante-dix mètres carrés, avec un bar, une cuisine et sur le devant une terrasse pour l'été. Les meubles étaient simples et rustiques. J'avais acheté des tableaux et des photos que j'avais accrochés au mur. Des artistes peintres exposaient leurs œuvres. Les murs étaient blancs, les nappes roses et blanches. Pas de rideaux, des plantes vertes devant les fenêtres.

Nous sommes allés à Trieste, en Italie, pour acheter un four à pizza. C'était mon premier voyage à l'étranger.

Elle était belle, ma pizzeria, bien placée dans le centre-ville, l'été on avait beaucoup de touristes. On l'avait appelée la Pizzeria du Golf. Ma spécialité, c'était la pizza au jambon : de la farine, de l'eau, un peu de levure, un peu de sucre pour la pâte ; de la tomate, du fromage et du jambon pour la garniture.

Drazan faisait le marché, moi j'étais à la cuisine. C'était à nous et on gagnait bien notre vie. On s'est acheté une voiture, une Citroën CX. Ton père et moi avions chacun un emploi, et le soir on travaillait à la pizzeria. La vie nous était clémente.

Dès le début de la guerre contre les Serbes, les bombes ont anéanti notre pizzeria.

La fin de la fraternité

En novembre 1990, les Croates ont gagné les élections. Et tout a basculé. Quand j'ai appris le résultat, j'ai pleuré. J'avais raison.

La montée du nationalisme nous a pris à la gorge. Toute l'économie s'est subitement arrêtée, les usines ont fermé, les prix se sont mis à galoper et augmentaient tous les jours. Tout bougeait si vite que nous arrivions à peine à suivre.

La répartition du travail s'est organisée selon les nationalités. Chaque ethnie s'est emparée d'usines et de postes clés. Les directeurs ont changé, les professeurs aussi. Les Croates avec les Croates, les Serbes avec les Serbes, les Musulmans avec les Musulmans.

Et moi, musulmane ? Et mon Drazan serbo-croate ? Et mon Pedja ? J'étais professeur dans une école musulmane, mais mariée à un Serbo-Croate. Petit à petit, on m'a fait comprendre que je ne pouvais plus continuer à enseigner. On a institué des cartes de travail.

Tous les noms des villes et des rues ont été transformés. Mostar est devenue Herceg-Bosna. La rue de mes parents qui s'appelait Santic est devenue la rue Ricina. Les Croates étaient prêts à tout pour s'emparer de notre ville, croisement stratégique.

Ton papa est resté dans son usine, dirigée par un Musulman. On l'a d'abord toléré parce qu'il était marié avec moi, puis on lui a donné de moins en moins de travail et plus tard on l'a renvoyé, en janvier 1993, alors que nous étions toi et moi à Ris-Orangis.

Les Serbes se sont emparés de la grande usine aéronautique Soko, qui construisait des hélicoptères. Mon frère Jandranko y travaillait jour et nuit. Il a réussi à y rester le plus longtemps possible, jusqu'à ce qu'il s'enfuie, lui aussi, du pays.

Les familles ont commencé à se déchirer, des mariages mixtes à se séparer, les frères et les amis d'enfance à se métamorphoser en rivaux.

Je me rappelle d'une terrible dispute avec un copain de ton papa. Il approuvait les Croates. « Ils sont forts, disait-il. Ils transforment tout, ils ont raison. Mieux vaut les suivre. » J'étais folle de rage. Moi, parler croate ? Jamais. Ma langue, c'est le serbo-croate.

Vivre à Herceg-Bosna n'avait plus rien à voir avec vivre à Mostar.

Le premier jour de guerre

C'était le 4 avril 1992.

On a entendu une formidable explosion qui a fait vibrer toute la vallée.

On bombardait une citerne d'essence à côté de la caserne militaire. J'étais chez mes parents. Ton grand-père s'est mis à pleurer en disant : « C'est la guerre. » Qui bombardait ? Les Serbes ? Les Croates ? On ne savait pas.

La guerre, Pedja ! Comment était-ce possible ? Tous ces hommes qui avaient fraternisé pendant cinquante ans allaient-ils se battre les uns contre les autres ! Tant d'années d'amitié et de vie commune allaient-elles voler en éclats en quelques mois !

Comment ont-ils pu en arriver là ?

Je ne les suivrai jamais dans leur folie. Je ne veux pas perdre mes amis. La guerre ne changera pas mes sentiments.

Un énorme incendie s'est déclaré. Des flammes gigantesques... Une fumée noire.

Le ciel de Mostar n'était plus bleu. Je t'avais mis au monde, mon Pedja, dans un pays en guerre.

Peut-on arrêter une guerre ?

Le 6 avril 1992, les Serbes ont bombardé ma ville. Je suis allée me réfugier chez mes parents dont l'immeuble possède une cave. J'ai appelé ton papa à son travail. Était-il vivant ?

Il est venu nous rejoindre.

Ils ont posé des mines autour du cimetière des partisans.

Les bombardements ont duré toute la nuit.

Après, nous sommes descendus dans la rue, nous étions dix mille, et nous avons organisé une grande manifestation, dans le centre-ville, contre la guerre. On a chanté très fort l'hymne national. Je suis allée dormir dans la cave de mes parents. Les bombardements se sont multipliés et ton grand-père pleurait.

La cave

Pendant la journée, ton papa travaillait. La nuit, nous dormions dans la cave.

Au début, on avait stocké la nourriture, installé des réserves dans les couloirs. Le lait manquant, on s'était rabattu sur le lait en poudre.

Nous étions plusieurs familles tassées les unes sur les autres, une quarantaine de personnes, surtout des gens âgés et des enfants. Nous avions construit un lit pour que les petits puissent dormir. Nos journées étaient occupées à se procurer de la nourriture. Chaque fois que je sortais pour faire des courses ou chercher du lait pour toi, je risquais ma vie. Mais il fallait sortir, absolument, pour que tu n'aies ni faim ni soif. Les stocks s'épuisaient.

Ton papa prenait tous les risques. Il partait à une quinzaine de kilomètres de Mostar, dans la campagne, là où mon père avait acheté une maisonnette pour sa retraite, au milieu d'un grand jardin potager avec des fruits et des légumes. Il courait là-bas, entre deux bombardements, pour cueillir de quoi te nourrir, des fruits frais pour notre bébé.

Bien vite, ce genre de voyage est devenu impossible. Trop dangereux. Alors ton père s'adressait à ceux qui, dans la ville, avaient un jardin. Mes parents faisaient la même chose. On était prêts à courir n'importe quel risque pour te rapporter un fruit.

Maman ne pleurait jamais. Elle était forte, solide, efficace. Comme elle l'avait été du temps de la Résistance.

Malgré la guerre, la vie continuait. Les bombardements reprenaient chaque jour, de 6 heures du soir à minuit. Entre deux alertes, je courais très vite te faire chauffer du lait pendant que tu pleurais dans la cave. Vers une heure du matin, les bombardements cessaient, et nous allions dormir quelques heures dans l'appartement.

Au début, il y avait de l'électricité. Chacun avait descendu quelques meubles, on s'était calfeutrés avec des cartons parce que la cave n'était pas chauffée. On avait installé des lits de camp, des chaises longues, de celles que nous utilisions sur la plage l'été. Papa avait apporté un vieux canapé.

Tu dormais tout habillé car il faisait froid. Tu avais peur. Je jouais avec toi et les autres enfants. On chantait durant les bombardements, je vous racontais des histoires. Surtout, je ne voulais pas montrer que j'avais peur. Peu à peu, les enfants se sont habitués.

Toi, Pedja, tu avais deux ans et demi, et tu avais tout compris. Quand une bombe plus forte te réveillait, je te disais : « Ce n'est pas grave. C'est quelque chose qui s'est cassé. »

Tu ne voulais pas te rendormir.

« Non, maman, ce sont les méchants. »

Nous avons vécu ainsi pendant un mois et demi.

Alors, ton papa m'a dit de partir pour Zagreb, dans sa famille.

Je suis partie comme une voleuse, je ne voulais

pas que les voisins me voient fuir. J'ai rempli à toute vitesse quelques sacs et j'ai sauté dans l'autocar avec mon bébé. Peu de jours après, une bombe est tombée sur notre maison. J'avais tout perdu sauf mes poupées qui étaient restées chez mes parents.

Une fois par semaine, Drazan me téléphonait. Cette première séparation a duré six mois. Je m'ennuyais, je te promenais, ton papa me manquait. Finalement je suis rentrée à Mostar, où la situation semblait s'être améliorée. On s'est tous serrés. On se tenait chaud. On n'avait aucune information. On était coupés de la télévison de Sarajevo, on ne captait plus que la télé croate, et celle-là personne ne la croyait plus.

Défendre Mostar

À Mostar, il y a une armée bosniaque. C'est elle qui nous défend. Qui défend la ville, ses mosquées, ses minarets, ses églises, sa terre, ses enfants. C'est notre armée. Elle rassemble tous les hommes courageux de bonne volonté ; des Musulmans surtout, des Croates, des Serbes. Tous unis contre l'agresseur. Ton papa m'a promis de ne pas s'enrôler. Il pouvait défendre les gens du quartier mais moi je ne voulais pas qu'il parte faire la guerre et qu'il meure.

Je ne veux pas perdre mon mari. Je ne veux pas perdre mon Drazan. Ou alors qu'on meure tous les trois !

La ville de tous les dangers

Ma ville est devenue un terrain de bataille où tout s'emmêlait. Les alliés de la veille devenaient les ennemis du lendemain. Le danger était partout et on ne savait jamais d'où il venait. On ne pouvait rien prévoir, si ce n'est que nous étions des cibles vivantes.

Au début de la guerre, Croates et Musulmans s'étaient unis contre les Serbes. Tous les Serbes ne sont pas des Tchetniks, ces nationalistes extrémistes qui veulent conquérir les terres et réaliser leur rêve de la Grande Serbie en nous tuant tous. Hélas, c'étaient ceux-là qui nous attaquaient et il nous fallait nous défendre. Les Croates et les Musulmans se sont alors battus côte à côte. Pourtant, même cette alliance a éclaté.

On a basculé dans l'absurde. Croates et Musulmans ont décidé de se partager la ville, les terres, les champs, personne ne voulait faire de concessions. Certains Croates en voulaient toujours plus. Ils étaient les plus forts militairement. Pour mieux écraser les Musulmans, ils se sont alliés aux Serbes et nous nous sommes retrouvés piégés dans notre propre quartier.

Les bombardements ont repris de plus belle. Les armées se tiraient dessus sans relâche et, nous, nous étions au milieu. Nous avons repris notre vie de taupes, prisonniers des caves.

Lorsque je sortais, je t'emmenais toujours avec moi, je courais dans la rue en te protégeant dans mes bras.

Je ne pouvais pas rester enfermée toute ma vie. Il fallait que je m'évade, que je voie le ciel même s'il était obscurci par la fumée, il fallait que j'aille voir mes amis, que je sache qui était là, qui était blessé, qui vivait. Que je respire l'haleine fétide de ma ville blessée.

Le souvenir que j'ai des enfants croisés sur mon chemin est terrible. Ils me regardaient. Je ne voyais plus leurs pupilles, seulement le blanc de leurs yeux, immenses, incrédules, blancs comme de la chaux. Ils me regardaient avec ces yeux-là et, en même temps, ils jouaient comme tous les enfants du monde. J'étais prête à tout pour que toi, mon Pedja, tu n'aies jamais ce regard.

Le jour où j'ai eu le plus peur, où la mort s'est approchée le plus près, j'étais allée me reposer chez ma belle-sœur qui habite au premier étage d'un immeuble. Je m'étais assoupie sur le lit lorsque soudain les murs ont tremblé, les fenêtres ont explosé. Un obus avait touché le quatrième étage. Terrorisée, je suis partie avec toi, très vite, en courant.

Chaque fois que je sors prendre l'air, je risque de mourir. Chaque fois, tu m'accompagnes. Pour moi, un enfant doit rester avec sa mère, jusque dans la mort s'il le faut.

L'idée que tu puisses être tué ou blessé loin de moi me rend folle...

Comme cet après-midi terrible où, après bien des hésitations, je te confie à un ami. Il va rendre visite à ton papa qui travaille encore dans son usine.

Tu n'es pas parti depuis dix minutes que les bombardements recommencent. Je ne sais où tu es, je n'entends que le fracas des obus. L'épouvante me cloue sur place.

Notre ami a heureusement pu se réfugier dans une cave. L'alerte passée, je sors en courant, dévorée par l'angoisse. Et je te vois enfin, sur la route, sain et sauf. Je décide de ne jamais plus me séparer de toi.

Partir

C'est ma cousine, Vesna Osmanovič, qui habite maintenant Montpellier, qui m'a prévenue. L'association humanitaire Équilibre préparait le départ de mères et d'enfants de Bosnie pour l'Europe occidentale. Je suis allée à la maison de la culture où il y avait une ambassade pour les enfants. La directrice m'a mise en contact avec l'association. Pour partir, il y avait beaucoup de conditions à remplir. J'ai laissé mon prénom et mon nom sur une liste. Le lendemain, ton père est retourné parler avec les responsables et leur expliquer que nous n'avions plus de maison. Ils ont accepté de m'inscrire. Ton père était déchiré mais il voulait nous savoir à l'abri des bombes.

Que pouvions-nous faire d'autre ?

Plus de toit, bientôt plus de travail. La faim, les bombardements et avec l'hiver, le froid, la neige. Et toi, si petit, de quel droit t'avions-nous fait naître dans un monde à ce point terrifiant ?

Nous discutions des heures avec ton papa.

« Cela ne peut pas durer, une guerre aussi folle ne peut durer, la ville est à moitié détruite, il y a déjà tant de morts, ils vont se rendre compte, arrêter... »

Il faut échapper à l'hiver qui sera insupportable

sans chauffage, sans nourriture. La lumière et la chaleur de l'été apaiseront les cœurs.

Il faut partir.

Six mois, pas davantage. Je le jure à ton papa : « Je reviendrai vite, mais toi sois prudent, protège-toi, attends-moi. Promets-moi de ne pas t'enrôler dans l'armée bosniaque. »

Il promettait.

Je suis allée à Équilibre. On m'a proposé un convoi, une date de départ. J'ai accepté. Pour te sauver, j'étais prête à partir n'importe où.

Ce n'importe où s'appelait la France.

Le soir, pour la première fois, j'ai vu ton père, si fort, si gai, pleurer de désespoir.

Il n'y avait plus d'avenir à Mostar.

Le 4 novembre 1992

Il faut un courage immense pour partir, abandonner sa terre, son amour, sa mère, son père, ses amis. Il faut être poussé par un formidable instinct de survie et une totale inconscience pour se lancer ainsi dans l'inconnu.

Je reviendrai... Je reviendrai. Je ne pars pas pour longtemps. Attendez-moi...

Ce jour-là, sur la petite place, le soleil était encore chaud.

Depuis deux jours, les bombardements ne cessaient de ravager la ville. La veille, tu avais fêté tes trois ans dans la cave avec tes grands-parents et les voisins. Il n'y avait plus d'électricité, seulement la lumière de tes bougies.

J'ai l'âme emplie de désespoir. Je m'arrache à ma ville, à ma famille. Plus rien ne sera jamais comme avant. Ton père est près de nous. Le visage déformé par la souffrance, il te couve du regard comme pour se nourrir de chacun de tes traits.

Il veut conserver gravés dans sa mémoire la couleur de tes yeux, l'épaisseur de tes cils, tes joues rondes, ton sourire innocent.

Autour de nous on nous presse, les Serbes sont là-haut, sur les montagnes, ils peuvent nous tirer dessus d'un moment à l'autre, nous massacrer. La tension est à son comble.

Trop bouleversée, je ne pense pas à te montrer plus longtemps le ciel, les nuages, la montagne, la Neretva, les maisons. Et là, dans la rue, la silhouette puissante de ton papa. Je crois tellement que nous allons revenir que j'oublie de te fabriquer des souvenirs pour toute ta vie.

J'en veux au destin qui nous condamne à cette mutilation et à cette injustice.

Autour de nous ce n'est que peur, sanglots, angoisse de ceux qui restent.

Il est 3 heures de l'après-midi, le soleil est éclatant, les yeux brillent de larmes, les voix s'enrouent, les mains s'étreignent, n'arrivent pas à se séparer.

Le chef de convoi nous presse.

Mon père, au dernier moment, glisse dans ma main un petit papier. C'est un billet de cinquante marks. « Tu en auras besoin », souffle-t-il.

À Mostar, avec une somme pareille, une famille vit un mois.

Ma mère me tend un sac empli de fruits.

Ton papa monte dans le car avec nous et nous installe. C'est là qu'il nous embrasse pour la dernière fois.

Quand le car est arrivé au bout de la rue, je me suis retournée. J'ai vu ma mère, jusque-là si forte, porter une main sur sa bouche comme pour réprimer un cri.

Cette fois, j'étais seule.

Exil

Nous avons roulé pendant trois heures dans un pays qui était le nôtre mais que je ne reconnaissais plus. À Split, sur la côte, il y avait trois autocars emplis de femmes et d'enfants de toutes les origines, serbe, croate et musulmane. Ces autocars étaient la vraie Bosnie. Là, tout le monde était réuni, même si c'était dans le malheur.

Nous sommes restés deux jours à Split, à attendre d'autres cars, avec d'autres femmes et d'autres enfants qui devaient arriver de tous les coins du pays, avant de nous embarquer pour Ancône, en Italie.

Finalement, nous sommes partis un matin, à 7 heures, sur deux gros bateaux. Nous étions plus de mille, toutes sur le pont, le regard fixé sur notre côte qui peu à peu se fondait dans l'horizon jusqu'à disparaître totalement. Définitivement.

Nous étions en pleine mer. Plus rien... si ce n'est le ciel, l'eau et ce gros bateau qui nous emmenait loin, en France, un pays inconnu entrevu à la télévision, sur des cartes postales ou à travers les pages d'un livre d'Émile Zola, *Germinal.*

Brutalement, j'ai été envahie par la panique, comme une trapéziste à qui on a retiré le filet.

Je t'ai serré contre moi, Pedja.

Autour de nous, des centaines de mères au regard traqué, affolé. Il me semblait que ce bateau portait tout le malheur du monde, avec toutes ces femmes arrachées à ceux qu'elles aimaient et qui fuyaient la mort.

Mais la traversée s'est bien passée. Les gens d'Équilibre avaient pensé à tout : ils avaient installé des espaces pour changer les enfants, la nourriture était prévue, des médecins nous réconfortaient, nous conseillaient.

Nous n'avions plus à courir sous les bombes pour nourrir nos enfants.

Là-bas, chez moi, les Serbes bombardent ma ville. Les Croates et les Musulmans se battent dans les rues.

Nous avons débarqué en Italie à 8 heures du soir, à Ancône. C'était la seconde fois que j'allais dans ce pays. Mais cette fois-ci je vivais un drame.

Sur le quai, une foule de journalistes nous attendaient, avec des appareils photo, des caméras, des micros.

Certains enfants avaient été malades pendant la traversée, les mères étaient épuisées, hagardes. Sur la passerelle du bateau, assaillis par les journalistes, nous nous sommes sentis comme des bêtes curieuses que l'on filme.

Un homme, un micro à la main, s'est approché de moi. Il m'a posé des questions dans une langue étrangère. J'ai tourné la tête, marché droit devant moi. Nous n'étions pas au cirque...

Voyage au bout du monde

À Ancône, sans perdre un moment, on nous a fait monter dans des autocars, vers une ville de France au nom inconnu : Chamonix.

On y est arrivés à 10 heures du matin. Le car s'est arrêté sur le parking et on nous a distribué des croissants, du chocolat chaud, du thé, des biberons.

La police est venue avec une liste de noms.

Des femmes se lèvent... descendent...

Il fait froid, j'entends « Palikuča », prononcé d'une drôle de façon. C'est moi. Je m'approche, on me remet des papiers qui me donnent le droit de rester huit jours en France. Et après ? On m'explique que ma famille d'accueil ira à la préfecture pour prolonger ma carte de séjour de six mois.

Je remonte dans le car. Et on continue jusqu'à Lyon.

Pendant le voyage, mille pensées tournent dans ma tête.

Où vais-je arriver ? À Lyon ? Ailleurs ? Avec qui vais-je vivre ? Comment vais-je me faire comprendre ? Y a-t-il des gens qui parlent le serbo-croate, en France ? J'ai appris un peu de français au lycée mais j'ai oublié, je suis fatiguée, c'est une langue difficile. Quand vais-je rentrer chez moi ? Chaque tour de roue m'éloigne de Mostar, de l'Herzégovine, de ton papa qui me manque déjà tellement.

Pourquoi n'est-il pas à côté de moi, pour m'aider à te porter, à porter les paquets, la valise ?

À Lyon, les gens d'Équilibre nous entourent. Ils sont nombreux, organisés, efficaces. Ils s'occupent de nous, nous donnent à manger, à boire. On nous fait dormir dans un grand gymnase sur des tapis mousse. Toute la nuit ils sont là, à nos côtés, ils nous surveillent, ils nous aident.

Le matin, les familles d'accueil arrivent. Encore une liste, on appelle des noms... Des mères, des enfants s'en vont. Moi, je reste. Enfin, on m'explique : je vais à Paris.

J'avais tant rêvé de Paris

Quand je vivais à Mostar, j'avais un rêve : visiter Paris. Voir Notre-Dame et le château de Versailles.

Et voilà que je roule vers Paris, vers la Ville lumière, le symbole du bonheur, des vacances, de l'évasion.

Je vais à Paris, le cœur serré, les larmes aux yeux, l'angoisse chevillée au corps. Je ne suis pas en vacances, je suis en exil. Je ne suis pas touriste, je suis réfugiée. Je ne suis pas avec ma famille, je suis seule.

Nous sommes dix mamans qui ne nous connaissons pas. Nous parlons un peu. Chacune raconte son histoire. Pedja, tu as la diarrhée. Je regarde le paysage. Il n'y a plus de montagnes, il n'y a plus de mer, plus de ciel bleu. Les arbres sont dorés, c'est l'automne.

Paris... Aller à Paris dans ces conditions. Jamais je n'aurais imaginé !... Comme la vie peut changer brutalement !

J'avais aussi rêvé d'aller en Espagne, à Madrid, où on m'a dit que les Espagnols chantent et dansent le flamenco dans la rue.

Dès que la paix sera revenue, dès que j'aurai de l'argent, j'irai en Espagne où l'on chante et danse comme dans mon pays.

On est arrivés à Paris dans une petite rue du 15e arrondissement. Dans un immeuble, au rez-de-chaussée, nous étions attendus.

Des gens se pressaient dans une grande salle. Des hommes, des femmes parlaient notre langue, nous accueillaient. Sur des étagères, des jouets étaient exposés. Pedja, tu t'es échappé de mes bras. Comme attiré par un aimant, tu t'es dirigé vers un camion de pompiers. Et tu t'es mis à jouer. Plus rien ne t'intéressait au monde que ce camion rouge que tu faisais rouler sur le sol, indifférent à la fatigue, à tout ce monde qui t'entourait.

Edisa Palikuča...

Mon nom a résonné entre ces murs inconnus. Ma famille d'accueil s'est approchée. Un homme, une femme, plus vieux que moi, plus jeunes que mes parents. À côté une interprète, pour nous aider à faire connaissance.

Ils m'ont tendu la main...

Michèle et Pierre

Elle n'était pas très grande, elle avait un visage doux, comme ma mère, des cheveux châtains, courts, bouclés. Elle pleurait d'émotion.

Lui avait une barbe, il inspirait le respect, j'étais un peu intimidée.

Tout de suite Michèle, profitant de la présence de l'interprète, en femme pratique, s'informe sur mes besoins, mes habitudes. Elle veut savoir si je suis pratiquante, si elle peut me servir du porc, du vin.

Je me souviens des vignes de l'Herzégovine, de mon père qui s'y connaissait en vins ! Je réponds : « Je suis athée. »

Très vite, je vais m'apercevoir qu'ici, en France, on croit que tous les Musulmans sont arabes et fidèles à l'Islam. Moi, je suis une Slave, je ne pratique pas. Je suis d'Herzégovine, une Européenne, comme les Serbes et les Croates.

Michèle et Pierre ont compris. J'explique à Michèle que toi, Pedja, tu es fatigué, tu as la diarrhée. Elle sait ce qu'il faut faire, c'est une mère de famille, je peux lui faire confiance, elle a de l'expérience.

On me demande quel est mon métier et ce que je veux. Je réponds tout de suite : « Apprendre le français. » Je veux parler, communiquer avec cet homme et cette femme qui ont l'air si bon, ne pas me laisser enfermer dans le silence, conquérir les mots qui vont me permettre de vivre et de résister.

Pierre me rassure : « Pas de problème, je connais un professeur qui est directeur d'une école primaire. »

J'avais déjà un nouvel ami et je ne le savais pas encore. Bernard fera tout pour m'aider. Je le découvrirai peu à peu.

Dix minutes plus tard, Pierre et Michèle m'emmènent chez eux, en banlieue parisienne, à Ris-Orangis. Ils me font dîner et je vais me coucher, épuisée. Toi, Pedja tu es malade toute la nuit.

Ris-Orangis

Nous avons dormi jusqu'à dix heures du matin. Je me suis levée, je suis allée dans la cuisine, un peu inquiète. Comment dire bonjour ? Comment parler à ces Français si gentils, si réconfortants ?

Michèle est là. Elle sourit et me dit : « Coucou… » Et voilà, deux petites syllabes comme une chanson, on se dit bonjour, on se dit plein de choses, on se comprend sans parler la même langue… c'est Michèle…

Elle m'a préparé le petit déjeuner. Je la sens tendue, elle aussi. Nous sommes là, deux inconnues, destinées à vivre ensemble. Mais Michèle est formidable, chaleureuse, directe, sensible, elle sait vite créer le contact. Je me laisse guider. Je ne suis plus seule. Je vis dans un pays en paix. J'ai chaud, je ne suis pas dans une cave, le petit déjeuner est bon. Dehors, il n'y a ni obus ni grenades, les maisons sont intactes, les arbres ne sont ni coupés ni mutilés, l'eau coule au robinet. Se laver est chose aisée, faire les courses un acte quotidien et sans risque.

Ton papa sera content de nous savoir là.

Michèle a pris trois jours de congé et Pierre un. Je ne serai pas seule de la semaine. Elle a acheté un dictionnaire serbo-croate. On se plonge dedans toutes les deux, on arrive à se comprendre, c'est facile. Le soir, Pierre rentre avec un grand sourire. Il me demande : « Ça va ? » J'ai compris, je réponds avec un autre sourire.

Pedja, toi et moi avons trouvé une maison, une famille.

Très vite, Michèle appelle le médecin. Il faut te soigner, Pedja, tu as peur, tu es agité et moi, je ne dors pas.

Le docteur qui vient est vietnamien. Il dit qu'il comprend ma situation, qu'il connaît tout ça. Il ne veut pas se faire payer, il laisse des médicaments.

Plus tard, à la campagne, en Auvergne, Michèle appellera un autre médecin, libanais. Souvent les gens rapprochent Sarajevo de Beyrouth. Est-ce pour cette raison que ce médecin non plus n'a pas voulu se faire payer ?

Le premier mois, Pedja, tu étais nerveux, il fallait s'occuper de toi. A Mostar, tu étais le dernier-né, le centre d'intérêt de la famille, avec des grands-parents à la retraite.

Pour Michèle et Pierre, c'était parfois difficile. Ils devaient un peu sévir. Bien vite, ils ont joué le rôle de grands-parents. Ils t'ont appris plein de choses. Tu avais besoin d'un peu d'autorité, d'un homme près de toi. Pierre a su faire tout cela. Pour toi, Pedja, c'était bien de grandir entouré de gens intelligents et tendres.

Merci

Bien plus tard, un cousin m'a raconté que ton papa, resté seul à Mostar, lui avait confié :

« Notre situation est tragique, mais je suis heureux. J'ai fait un beau cadeau à mon fils Pedja.

— Quel cadeau ?

— Je lui ai donné la France. »

Merci, Drazan, pour ce beau cadeau.

Mostar à Ris-Orangis

Mon plus beau cadeau, c'était Michèle et Pierre. Ils m'ont pris dans leurs bras et portée en m'empêchant de couler. N'oublie jamais, Pedja. Ils nous ont ouvert leur cœur, donné tant d'amour que nous ne pourrons jamais assez les remercier.

Michèle, ma deuxième mère, une femme extraordinaire, d'une richesse intérieure illimitée. Dans les mêmes conditions, aurais-je été capable de faire tout ce qu'elle a fait pour nous ?

Elle s'était complètement projetée dans notre histoire, heureuse quand j'étais heureuse, triste quand j'étais triste. Lorsque ton papa téléphonait, tous les quinze jours, elle pleurait d'émotion...

Quelle fête quand ton papa téléphonait ! Michèle nous prenait en photo pour fixer cet instant qui effaçait les distances : Mostar à Ris-Orangis !

Je rassurais ton papa, inquiet mais heureux, à l'autre bout du fil, je lui parlais de Michèle et Pierre.

Un soir, il s'est mis en colère parce que toi, Pedja, tu as pris l'appareil et lui as dit quelques mots en français. Ce jour-là, il a dû te sentir très loin. Tu grandissais sans lui... tu lui avais parlé et il n'avait pas compris. Tu ne dois jamais oublier le serbo-croate, la langue de ton père.

Même ces choses-là, Pierre et Michèle les comprenaient. Ils te prenaient très souvent en photo et on envoyait régulièrement ton portrait à ton papa.

« Il faut qu'il le voie pousser, disait Michèle, à cet âge-là les enfants changent si vite. »

Ah ! Michèle ! Elle avait des idées si belles, si généreuses, je ne sais pas où elle allait les chercher, elle doit avoir un cœur gros comme cela ! Le soir, quand tu dormais, on parlait. Je faisais des progrès en français... On parlait des heures entières...

Pierre bougonnait : histoires de femmes... Elle était ma grande confidente. Je lui racontais mes inquiétudes, mes espoirs, mes chagrins...

J'écrivais deux fois par semaine à ton papa et les jours passaient en attendant de ses nouvelles.

Les premiers bourgeons de notre jardin

Un matin, Michèle me dit : « Viens, on s'habille, on va chez le fleuriste. »

Sur le chemin elle m'explique :

« Chez toi, c'est la guerre, mais la vie continue. Nous allons acheter des graines et les envoyer à ton père, à Drazan. Ils vont les planter, elles vont pousser. Ce sera un symbole de paix, cela leur donnera du courage. On leur enverra aussi des fleurs qui leur rappelleront que, même sous les bombardements, la vie refleurira. »

J'étais bouleversée. Notre maison était détruite, mais le grand jardin existait encore, la terre était là qui attendait notre message, et des petites graines venues de Ris-Orangis.

On a acheté des semences de salades, de carottes, d'épinards, de haricots verts, d'oignons — pour que là-bas ils aient des vitamines... Et plein de fleurs en souvenir des beaux jours.

Ils ont tout reçu... Ton papa a tout planté, Pedja. Le printemps arriverait à Mostar et les premiers bourgeons viendraient de France.

L'espoir, au printemps

Petit garçon, nos premiers pas en France ne furent pas faciles. Au bout de trois jours, j'ai connu le désespoir. Je voulais rentrer chez moi, revoir ton papa.

Toi, tu étais souvent malade, des rhino-pharyngites comme tous les enfants, et puis des crises d'asthme qui m'inquiétaient horriblement. « Cet enfant est trop émotif », disaient les médecins...

Petit à petit, grâce à Michèle et Pierre, à leurs enfants, Christelle, Philippe et Eddy, à leurs amis, j'ai repris courage.

Pierre et Michèle m'ont emmenée visiter Versailles... Grandiose, ce château des rois français, mais où ces princes faisaient-ils pipi ? Par terre, m'a-t-on répondu en riant...

Et Notre-Dame ! Comme c'est beau, oui, comme c'est beau !

Le pont de Mostar, souviens-toi, Pedja, comme il était émouvant... si lourd d'une histoire qui était la nôtre, la mienne, la tienne...

Le matin, j'allais à la bibliothèque pour lire et m'entraîner au français, une langue bien difficile, avec des articles devant chaque mot, jamais les mêmes, des mots féminins qui sont masculins en serbo-croate, des mots masculins qui sont féminins chez nous, enfin plein de complications, d'exceptions, de règles de grammaire sans grande logique, des lettres qu'il faut écrire mais qui ne se prononcent pas...

Je travaillais comme assistante à la bibliothèque de l'école communale à Ris. J'avais retrouvé dans la région parisienne des amis croates de Mostar, lui avait travaillé avec un de mes frères et elle, Lubisa, était décoratrice...

Chaque mois, il y avait une réunion à Paris, à Équilibre où, entre réfugiés, nous parlions du pays et échangions des nouvelles, avec toujours la même question : quand ? Quand pourrons-nous rentrer chez nous ? Quand allons-nous retrouver nos maris ?

Certaines femmes découvraient en France un autre monde, une façon différente de vivre. Chez elles, elles n'avaient pas toujours été heureuses. Leurs maris les battaient, elles étaient soumises, laborieuses, sans jamais le droit à la parole. Pendant la guerre, elles avaient été parquées dans des camps. Brutalement, à l'occasion d'un grand drame collectif, elles découvraient la liberté, le confort, des idées neuves. Celles-là n'étaient pas pressées de rentrer.

Moi je n'attendais que cela : rentrer, retrouver ton père. Sans lui, j'étais malheureuse. Je me sentais mutilée, j'avais besoin de sa voix, de son bras rassurant, de sa peau, de sa chaleur. Ma main sans cesse cherchait la sienne. Je rencontrais la tienne, chaude et menue, mon petit garçon chéri, celles de Michèle et de Pierre, tendres et rassurantes, celles de tous nos amis français, affectueuse et présente... Mais nulle part je ne rencontrais la main de Drazan, si ce n'est dans mes rêves...

J'ai envoyé à ton papa des photos de Pierre et Michèle.

Il m'a répondu, confié son soulagement : « Je suis heureux, tes amis ont la bonté inscrite sur le visage. »

C'était plus que de la bonté : Michèle avait l'imagination du cœur. Elle qui n'avait jamais fumé, elle achetait des cigarettes pour ton papa et les glissait dans les colis que je préparais pour lui. Toujours à côté de moi, attentive, pleine d'optimisme et d'espoir. Elle invitait Lubisa et son mari, mes amis croates, à déjeuner, pour nous réunir.

Les jours ont coulé...

Nous avons fêté Noël. Ton papa a téléphoné quelques jours plus tard. Il avait perdu son travail, on ne pardonne pas à un Serbo-Croate d'avoir une femme musulmane... Et il m'a dit : « Puisque c'est comme cela, je viens te rejoindre, avec un copain on prend une voiture, on part, on arrive... »

Quelle joie, tu t'imagines, mon Pedja...

Michèle a téléphoné à Équilibre pour connaître les formalités à remplir...

Nous irons nous promener tous les trois le long de la Seine, au pied de Notre-Dame.

Il n'est jamais venu.

Un nouvel ami

Un jeune homme m'a rendu visite. Thierry terminait une école de journalisme ; pour son examen de fin d'année, il avait choisi de faire une enquête sur les femmes réfugiées bosniaques. Il voulait parler avec moi.

Il était gentil, attentif, et moi, j'étais contente d'échanger des idées avec quelqu'un de ma génération.

Quand il a eu fini son travail, il me l'a montré. C'est un article qui n'a jamais été publié puisqu'il est destiné à une école. Moi, je l'ai beaucoup aimé. Je l'ai conservé et montré à toutes mes amies réfugiées, cela nous permettait de prendre du recul.

J'ai invité notre nouvel ami à déjeuner, dans la cuisine de Michèle, et je lui ai fait la cuisine de chez moi, de la *pita* aux épinards. Il était content. Il disait qu'un jour il me ferait des spaghettis au *pesto*, au basilic, parce qu'il est franco-italien, comme ton papa est serbo-croate. Il a beaucoup joué avec toi, à l'hélicoptère. Tu te souviens, Pedja, tu parlais à peine français, à ce moment-là... Déjà vous étiez copains, c'était un homme jeune, comme ton père, qui savait jouer aux petites voitures et au foot.

Lorsque j'ai revu Thierry, quelques mois plus tard, j'avais vieilli de vingt ans, le sol venait de se dérober sous mes pieds, j'avais besoin de tous mes amis, il m'a promis de me téléphoner à Aix. Nous allions le voir souvent par la suite. Moi qui n'avais plus mes frères, j'étais heureuse de sa compagnie. J'avais confiance en lui. Je lui racontais notre histoire, cela me faisait du bien.

Revenir à Mostar

À Pâques 1993, une amie croate part pour Mostar rejoindre son mari. Je veux partir moi aussi. J'envoie une lettre à Équilibre, j'explique que je veux rentrer chez moi. L'hiver est fini, le soleil va revenir, il brillera aussi sur ma ville et adoucira la haine. On me dit qu'un voyage est prévu pour le mois de mai, je m'y inscris. Je suis heureuse, je vais revoir ton père.

J'attends, confiante.

Bien sûr, en Herzégovine, je n'ai plus de toit. Mais ici, en France, j'économise, je mets de côté tout ce qu'on me donne. Je reconstruirai ma maison. Je suis jeune, Drazan est fort, nous recommencerons de zéro. Mes parents ont beaucoup de meubles, ils nous en donneront quelques-uns. La paix reviendra, on travaillera double, nous referons notre vie.

Je ne sais pas encore que mes parents sont en train de vendre pièce par pièce leurs meubles pour pouvoir manger.

Quelle est la différence entre l'espoir et l'illusion ? Entre le projet et l'utopie ?

Le mois de mai

Le 8 mai 1993, ton papa est allé sur les ruines de notre maison. Il allait souvent là-bas se recueillir.

Le 9 mai, les troupes croates ont envahi l'ouest de Mostar et encerclé notre quartier qui s'est transformé en un piège où restent prisonniers, affamés, coupés du monde, ceux que j'aime.

Notre vie bascule à jamais.

La trappe s'est refermée. Je ne l'ai pas encore compris, ce n'est pas si facile de comprendre le malheur. Toutes les pistes sont brouillées, quelques nouvelles par-ci, par-là... J'attends avec angoisse que la Croix-Rouge arrive à pénétrer dans la zone interdite. Lorsqu'ils le peuvent, ton papa, mes parents, mes frères, me téléphonent : « Reste en France, surtout ne viens pas. »

Mes frères réussissent à partir, eux aussi, avec leur famille. Le plus vieux en Allemagne, l'autre en Turquie, dans un camp.

Ton père ne parle pas beaucoup au téléphone, il se sait sur écoute. Il s'est engagé dans l'armée bosniaque Bih Armija. Mais il me le cache, il ne veut pas que je tremble. En tant que fils de Croate, il avait la possibilité de quitter le quartier musulman, de rejoindre le quartier croate à l'ouest. Il n'a pas saisi l'occasion, il est resté chez nous, avec ses amis, là ou il est né, là où il a fait sa vie. Il a préféré se battre, défendre son passé, ce petit coin de terre où nous nous sommes rencontrés et aimés. Ô mon Drazan ! Tu étais soldat et tu ne m'as rien dit. Pourquoi n'es-tu pas venu me rejoindre ? J'avais tellement besoin de toi.

J'envoyais des colis à Metkovič, un village à côté de Mostar. Un cousin serbo-croate de ton père, conducteur d'un camion-citerne, pouvait traverser la ligne de démarcation. Il s'arrangeait pour faire parvenir mes colis à ma famille.

Partir encore

Un nouveau souci s'est ajouté à mes inquiétudes. Le règlement d'Équilibre était formel : les réfugiés ne doivent pas rester plus de huit mois dans une famille d'accueil, afin d'éviter des liens affectifs trop forts, des séparations déchirantes. Pour nous, c'était trop tard, Michèle, Pierre et leurs enfants étaient devenus depuis longtemps ma seconde famille. Même si je quittais leur foyer, nos cœurs resteraient ensemble.

Pour toi, petit Pedja, Ris c'est toujours la maison. Quand tu y vas, tu dis : « On rentre à la maison. »

Partir encore ! C'est aussi l'occasion d'apprendre à vivre seule en France, de ne plus être la fille aînée, protégée et choyée de Michèle et Pierre. Mais où aller ?

J'ai reçu un coup de téléphone d'une amie musulmane, Leïla. Elle était à Gap avec son petit garçon, Azer. Un village du sud de la France, près d'Aix, avait proposé à Équilibre son presbytère, au-dessus de l'église. Il pouvait accueillir deux mères et deux enfants, elle me demandait de partager avec elle ce nouveau logis.

C'était loin de chez Michèle et Pierre mais j'ai

accepté. Il fallait se séparer, nous ne pouvions rester toute la vie ensemble. Et le Sud me rapprochait de la Bosnie.

Nous sommes partis à la fin du mois de juin, dans deux voitures, l'une était celle de Pierre, l'autre avait été louée. Nous y avons entassé une multitude de sacs et de paquets car, à Ris, tout le monde nous avait couverts de cadeaux. Un vrai déménagement...

Pierre et Michèle nous ont installés. Et puis... il a fallu se séparer, je me souviens du chagrin de Michèle, des larmes de sa fille, Christelle.

On ne se quittait pas, on se l'est promis et, bien sûr on ne s'est pas quittés. De loin, ils continuent de s'occuper de moi. Et j'ai tellement besoin d'eux.

Un village de Provence

C'est un petit village, avec un château, au creux d'une large vallée verte. Il sent la lavande et l'herbe sèche. L'huile d'olive y est plus parfumée qu'ailleurs. Une montagne aux flancs crayeux le domine. Une rue qui monte entre les maisons, un restaurant, une poste, un marchand de journaux, une épicerie... Un village provençal... Un nouveau pays, pas tout à fait comme le mien, mais un peu jumeau car le soleil y est aussi chaud.

Si je veux retrouver la Bosnie, m'a-t-on dit, ses rivières, ses terres brûlées, ses collines, il faut que j'aille plus loin, vers l'ouest, dans le Languedoc-Roussillon...

Nous sommes à dix kilomètres d'Aix. C'est l'été, il y a des touristes partout. Les habitants du village ont créé une association pour nous, ils ont ouvert un compte en banque et chacun a versé quelque chose. Chaque mois, mon amie Leïla et moi recevons deux mille francs.

Tout le monde nous rend visite. Nous avons été invités chez des amis à la montagne, et toi, Pedja, tu as fait une terrible crise d'asthme. Une voisine nous a emmenés à l'hôpital d'Aix, j'ai eu très peur. Je n'avais pas d'argent pour payer et pas de carte de Sécurité sociale. Je me sentais perdue avec toi qui étouffais à mes côtés. Les habitants du village m'ont aidée à régler ces problèmes administratifs auxquels je vais devoir m'habituer.

Notre appartement est composé d'une grande chambre où nous avons installé deux lits. Chacune y dort avec son petit garçon. Une petite pièce sert de salle de jeux, dans un coin il y a un lavabo. Il y a ensuite une salle de séjour avec une télé et, à côté, une cuisine. Sous les toits, un débarras que l'on pourrait arranger, si on voulait.

L'église, en dessous, ouvre sur une terrasse avec un cyprès qui domine la vallée. En face, une montagne verte, plus loin le château, la rivière. Les touristes viennent ici pour admirer le panorama, respirer l'air pur...

Par moments, on pourrait se croire en vacances.

Au coin de la rue, il y a une pizzeria. À midi, les visiteurs, les gens du village s'y pressent. Cela pourrait être ma pizzeria, la Pizzeria du Golf. S'il n'y avait pas eu les bombes, le feu, les cendres. Et tant de sang.

L'été 1993 s'écoule dans le petit village, lourd de chaleur. Il fait beau. Autour de nous, les habitants se dépensent sans compter pour nous rendre agréables ces quelques mois passés chez eux. Ils me font des cadeaux, parlent avec toi. J'ai une nouvelle amie, Jacqueline.

Je retrouve le parfum du Sud. Mon amie Leïla fait le pain elle-même et dans l'air flotte l'odeur des fourneaux de Mostar.

J'attends.

J'attends une lettre, un coup de téléphone, un signe de ton papa.

Hommes et femmes

Chez nous, le divorce existe mais il est mal vu. En France, les gens peuvent vivre ensemble sans être mariés. À Mostar, c'est presque impossible, il y a trop de ragots. À Paris, les gens n'ont pas le temps de se dire bonjour, ils ont aussi moins de temps pour cancaner.

J'aime la liberté qu'il y a, ici, entre les hommes et les femmes. Cela me plaît, on peut choisir sa vie.

L'autre jour, nous avons été invités dans une famille amie. La maman était divorcée et remariée. Pendant que nous étions là, le premier mari est venu chercher son enfant. Premier et second maris se sont serré la main naturellement. Au début de mon séjour, je ne comprenais pas, j'étais un peu choquée. Avec le temps, je trouve ces comportements plus justes. À quoi bon rester avec un mauvais mari à cause du qu'en-dira-t-on et des enfants ? C'est sûrement terrible pour des petits d'assister aux disputes des parents. Plus terrible qu'un divorce.

Moi, j'aurais voulu ne jamais quitter ton papa.

Mais lorsque j'avais vingt ans, comme j'aurais aimé vivre comme les jeunes d'ici ! Libres. Libres de voir leurs petits copains ou leurs petites copines quand ils le veulent, libres de les amener chez leurs parents sans que cela pose de problèmes. J'ai rencontré si souvent ton papa en cachette ! Que de temps perdu ! De bonheur en moins, de larmes en plus !

Toi, mon Pedja, tu auras une jeunesse différente.

Ma ville s'est tue

À partir de juillet, je n'ai plus eu de nouvelles de ton papa. Michèle et Pierre téléphonaient partout, ton copain Thierry a pris contact avec des associations de réfugiés.

J'ai enfin expédié un message en serbo-croate, avec une photo de toi, à la Croix-Rouge internationale de Genève qui a fait suivre. J'ai su que ton papa l'avait reçu. En tout cas, c'est ce qu'on m'a dit.

Mais je suis restée sans nouvelles.

Le téléphone, l'eau, l'électricité sont coupés à Mostar. Peu d'informations, peu d'images, presque rien. On parle surtout de Sarajevo, un nom de ville qui n'est pas inconnu aux Français. Ils ont tous entendu parler, à l'école, de l'attentat de Sarajevo qui déclencha la Première Guerre mondiale. Ils ont tous regardé, il y a dix ans, les jeux Olympiques. Et mon Mostar ? Ma ville oubliée, torturée, entraînée dans une descente aux enfers sans retour. Ma ville, j'entends parler de toi, de temps en temps, dans des émissions en serbo-croate à la radio que j'arrive à capter.

Je n'ai pas perdu espoir. Puisque nous sommes au fond du gouffre, nous ne pouvons que remonter. Ils ne vont tout de même pas nous exterminer tous. Un holocauste ? En 1993, c'est impossible ! La haine s'épuisera, les ennemis exsangues finiront par se tendre la main, ma ville ressuscitera et nous retournerons à Mostar.

Azer

Azer est le fils de Leïla, ma compagne venue de Mostar. Nous vivons tous les quatre dans le presbytère. C'est moi qui ai les clés de l'église.

Azer est un joli petit garçon brun avec de grands yeux noirs. Il a beaucoup souffert. Six mois enfermé dans une cave, à chaque bombardement il allait se terrer dans un coin, toujours le même, en hurlant.

Aujourd'hui il ne parle plus, il crie. À l'école il fait des dessins tout noirs. Une psychologue va s'occuper de lui.

Cela ne vous empêche pas, toi et lui de chahuter dans notre appartement. De jouer sans cesse à la bataille, revolver, fusil, carabine, sabre au poing... La guerre... des petits soldats, des chars en miniature... Inlassablement, vous mimez la folie des grands.

Azer ira mieux. Déjà il sourit et cherche les caresses. L'autre jour, il s'est planté devant Thierry : « Toi, je t'aime. » Et il a posé sa tête sur l'épaule de votre ami.

Azer, Pedja, où sont vos papas ?

La réfugiée

À Mostar, dans la rue, j'étais chez moi.

Les gens de ma ville vivaient d'amour, de soleil, de chaleur, d'humour — et d'amitié. L'amitié, c'est capital dans la vie. Quand tu as beaucoup d'amis, tu es riche.

J'avais beaucoup d'amis. Nous étions tous frères. Moi, athée, j'allais aux fêtes religieuses, catholiques, croates, musulmanes pour faire plaisir, être ensemble, rester proche de ceux que j'aimais. Comment imaginer aujourd'hui une telle explosion de fureur ? Je n'arriverai jamais à comprendre, je ne peux rien t'expliquer, mon Pedja, parce que je ne comprends pas.

Ici, dans la rue, je ne rencontre aucun ami. Je ne peux pas m'arrêter à un coin de rue et bavarder, dire bonjour à l'un, embrasser l'autre... Il n'y a que des visages inconnus. À peine un sourire poli en passant... Moi, je voudrais parler, communiquer, mais je vois dans les yeux des gens une lueur de curiosité méfiante.

Je suis la réfugiée.

Je sens sur moi leurs regards. On m'observe : « La voilà... tiens, elle est jeune, elle est sans homme... Comment est-elle habillée ? Elle voyage ?

Elle est allée à Paris ? Elle a un accent, de drôles de phrases... Qui fréquente-t-elle ? D'où vient-elle ? »

Le pays d'où je viens, je voudrais vous le raconter, vous le décrire, vous le faire aimer, mais vous ne m'écoutez pas...

Heureusement, il y a Michèle et Pierre.

Heureusement, il y a Bernard, il y a Jacqueline, il y a Thierry.

Eux m'écoutent.

J'ai besoin de parler, de partager mon histoire. Ensuite je vais mieux, je me sens moins perdue.

Mais ce n'est pas facile de parler quand tant de mots vous manquent. Je cours toujours après le français et je n'arrive pas à exprimer tout ce qui m'étouffe. J'ai pourtant tant de choses à dire.

Mourir pour Mostar

C'était un lundi matin, le 25 octobre 1993, à Ris-Orangis, chez Michèle et Pierre. Nous étions montés à Paris pour les vacances de la Toussaint. Tu étais si heureux, Pedja, de retourner à la maison. Tu parlais français avec tant de facilité et de dynamisme !

Nous bavardions tous les deux dans notre chambre. C'était bon d'être de nouveau chez nos amis.

La fille de Michèle, Christelle, est montée. Elle m'a dit : « Je vais jouer avec Pedja, je m'occupe de lui. Descends vite, papa t'attend. »

Pierre m'attend ? Pourquoi ? Je l'ai vu hier soir. Je descends, mon Pedja, je descends en enfer et je ne le sais pas encore.

En bas, je vois Pierre, il n'est pas seul. Lubisa, mon amie croate, est là aussi. Elle est venue hier soir dîner avec son mari. Lubisa était triste parce qu'il y a cinq mois, son beau-frère a été tué par les Musulmans.

Pourquoi est-elle là ?

Pourquoi Lubisa ?

Je ne comprends pas.

Un voile noir tombe brutalement devant mes

yeux. Lubisa sait quelque chose, elle a des nouvelles de ton papa, j'en suis sûre, je le devine.

Je regarde le visage de Pierre, les yeux de Lubisa. Je hurle. J'ai compris. Je me jette sur la poitrine de Pierre, je m'accroche à lui. Et je hurle encore, longtemps... Lubisa mêle ses cris aux miens. Je tremble, je pleure, je refuse de toutes mes forces l'horrible vérité. Et pourtant elle secoue tout mon corps.

Au premier étage, tu joues avec Christelle.

Tu ne dois rien savoir.

Je ne te dirai rien, Pedja

D'abord, je t'ai tout caché, mon Pedja. Tu es trop petit, tu aimes trop ton papa. Tu ne peux pas comprendre, je ne sais pas comment t'expliquer, je suis sans mots pour exprimer ce que je devrais, peut-être, t'annoncer.

Que te dire si tu pleures ? Que te répondre si tu réclames ton père ? Comment accepter le désespoir d'un petit garçon de quatre ans ?

Aucun mot ne peut passer la barrière de mes lèvres. Je voudrais te protéger à jamais de la souffrance. Ô mon Pedja, où trouver la force de te dire que nous restons tous les deux tout seuls ?

Tous les deux tout seuls !

Tout en moi se révolte. Est-il vraiment mort, mon Drazan ? Oui, me dit-on, il y a un mois. Je ne peux pas le croire. Je n'ai pas pu vivre tout ce temps-là sans rien deviner. Je n'ai pas pu espérer quand il n'y avait plus d'espoir, je n'ai pas pu respirer quand mon amour ne respirait plus. S'il était vraiment mort, je l'aurais senti, deviné.

Autour de moi rien n'a changé. Les meubles, la maison sont à la même place. Michèle et Pierre sont près de moi, bien vivants. Michèle a les yeux rouges. Le téléphone n'a pas bougé, toujours au même endroit. Il va sonner, on décrochera, au bout du fil il y aura la voix de Drazan.

Non, je ne te dirai rien, mon bébé chéri. Si je te parle, la terrible menace deviendra une réalité. Si je te parle, je ne pourrai plus reculer, la mort de ton papa existera. Tant que je ne te dis rien, tout est encore possible, tout peut arriver, on peut faire machine arrière, reprendre l'histoire à son début : Un homme aimait une femme sur les bords de la Neretva...

Nous sommes séparés depuis si longtemps, ton papa et moi, quelle est cette chose si terrible qui transforme l'absence en un drame sans issue ?

Mort, ton papa ? Qu'en savent-ils ? Il y a tellement de fausses rumeurs ! A-t-on bien vérifié ? Où est son corps ? Je n'ai pas vu son corps ! Tant que je ne l'aurai pas vu, je ne croirai pas à sa mort. Où est sa tombe ?

Non, mon Pedja, je ne te dirai rien.

Il est peut-être disparu, il est peut-être blessé, il n'y a plus de place à l'hôpital, il est ailleurs, on ne sait où. Il va réapparaître, on va le retrouver. Qu'importe s'il est gravement blessé, ce qui compte c'est qu'il soit encore en vie, que je puisse revoir ses yeux.

Ou alors il est prisonnier, comme le mari de Leïla. Il va revenir, je le veux, je l'attends. Donnez-moi des preuves avant d'affirmer qu'il est mort. Dites-moi où ? Comment ? Avec qui ?

Non, mon Pedja, ne pleure pas. Pourquoi fais-tu ces cauchemars la nuit ? Je ne t'ai encore rien dit. Qu'as-tu compris ? Que comprends-tu ? Les enfants savent tout.

Il est parti avec ton nom sur les lèvres...

Nous sommes redescendus dans le Sud. Là-bas, les amis du village m'attendent. Ils sont si gentils, mais personne ne peut comprendre mon désespoir. Ce pays est en paix, les gens sont heureux, il y a des femmes enceintes et sereines, des bébés qui jouent, des hommes qui marchent en tenant dans leur grande main la petite main de leur fils.

Et moi, j'ai les mains vides.

Leïla pleure, prostrée. Elle dit qu'elle non plus ne reverra jamais son mari. Et pourtant elle a de la chance, il est prisonnier.

La confirmation est arrivée. Ton papa est bien mort. Son nom est inscrit sur une liste officielle. Un cousin m'a téléphoné, les nouvelles arrivent peu à peu. Il n'y a plus de doute. Je ne suis pas séparée de ton père par des kilomètres de terres, de montagnes, de rivières, de mers. Je suis séparée de lui par la mort.

Il est temps, mon Pedja, que je te dise la vérité. Cette vérité que tu connais déjà et qui te fait crier la nuit dans ton sommeil. Je vais tellement souffrir de ta souffrance.

Ton papa était un soldat et il est mort, mon Pedja. Il y a plus d'un mois. Il avait trente-trois ans. Je n'ai rien vu, je n'étais pas avec lui parce que j'étais avec toi.

Mais il est parti avec ton nom sur les lèvres. Il t'aimait si fort qu'il sera toujours vivant pour toi. Crois-moi, là où il est, chaque jour que tu vas vivre le rendra heureux. Il sera content quand tu seras content, triste quand tu seras triste. Où que tu sois, il sera près de toi.

Votre vie à deux a duré plus de deux ans et demi. C'est court. C'était suffisant pour s'aimer. Quand tu étais malade il te veillait, quand tu avais faim il te donnait le biberon.

Aujourd'hui, tu as quatre ans, ton corps se souvient de sa chaleur et de sa force, ta mémoire est encore pleine de lui. Mais dans dix ans ?

C'était un homme merveilleux, courageux, un héros qui a combattu pour protéger les habitants de notre quartier, nos voisins, nos amis, tes petits copains avec qui tu courais jadis dans les jardins ensoleillés. On l'a enterré à côté du plus vaillant des soldats bosniaques parce qu'ils s'étaient tous deux battus comme des lions. « Tu peux être fière de lui », me dira ton grand-père.

J'aimais son audace, son obstination, sa fidélité aux idées qu'il défendait. Je l'aimais tellement et il me manque si fort que j'ai pour toujours un voile noir devant les yeux.

Dans sa dernière lettre, il m'écrivait :

« Je ne sais ni quand ni comment, mais je vais bientôt quitter Mostar avec un convoi d'enfants de la ville. Quand je vois un petit garçon de l'âge de mon fils avec de grands yeux écarquillés de peur, je pense à Pedja. Et il faut que j'aide de mon mieux ces gosses qui ont eu le malheur de rester. »

Il n'est jamais parti avec le convoi, il est mort avant.

Serait-il vraiment parti ? Se serait-il décidé à abandonner les gens de son quartier sous le déluge des flammes, dans une ville torturée, encerclée par les Croates et les Serbes ?

Partir et laisser en otages des centaines de petits Pedja, de femmes résignées à courir dans les rues le dos courbé pour échapper aux snipers, à la recherche d'un peu de lait pour un bébé qui pleure... Serait-il parti, ton père ? Quand je pense à tous les salauds qui sont encore en vie. Et lui, Drazan, qui était si bon, si honnête, on l'a tué. Il se battait pour les autres, pour sauver le quartier.

Pourquoi est-il mort ? Pourquoi lui ? Ma mère a passé plus de quarante ans avec mon père. Pourquoi pas moi ? C'est injuste. Mes parents, eux, sont vieux, ils ont vécu longtemps ; ils ont connu tous les plaisirs, toutes les aventures de la vie. Et ils sont toujours là, sur cette terre.

Ton papa avait trente-trois ans et ils l'ont tué.

Pourquoi cet obus-là, à cette heure-là, sur l'homme que j'aimais ? Dix minutes plus tôt, dix minutes plus tard, et Drazan ne nous aurait pas quittés.

Pourquoi n'est-il pas avec nous ? J'aurais tant voulu lui faire découvrir Aix, le petit village, l'église et la montagne en face... lui présenter mes nouveaux amis, lui faire goûter le vin provençal, lui montrer que j'ai su protéger notre fils, qu'une vie nouvelle était possible.

L'amour et l'oubli

Ils ont tué ton papa, ils ont tué l'homme que j'aimais. Notre famille est en fuite, dispersée en Allemagne, en Turquie, à Zagreb. Plus jamais nous ne fêterons ensemble les vendanges. Pour moi cette guerre est finie, elle ne me concerne plus. Je n'aurai plus d'enfants, tu ne joueras plus avec ton père.

Je n'ai plus rien à perdre, plus rien à gagner. J'ai payé mon tribut. J'ai pu leur échapper, fuir l'enfer. Aujourd'hui, en France, je veux oublier. Et vivre. Vivre parce que je suis jeune et que je t'ai, toi, Pedja.

À chaque nouveau drame qui déchire ma ville martyrisée, les souvenirs repartent à l'assaut de ma mémoire. Une partie de moi est restée à Mostar. Mes racines y sont demeurées, ancrées au milieu des cendres. Mostar, je t'aime. Mon cœur ne te quittera jamais.

Et je balance entre la révolte et l'amour, entre la fidélité et l'oubli. Là-bas ils m'ont tout pris, il n'y a plus d'espoir. Mon pays, je veux t'oublier mais je t'aime encore.

Les jardins de Mostar

J'ai vu les jardins de Mostar à la télévision. Les jardins où je jouais, petite fille, après l'école, où je te promenais quand tu étais bébé. Les arbres fruitiers aux branches lourdes de grenades, les fleurs et le parfum des lauriers... Les jardins, ils en ont fait des cimetières. Sous la neige, des monticules de terre, tous les mêmes, avec une planche en bois gris, haute, étroite, taillée en pointe et des noms peints en blanc. Des noms d'hommes, de femmes et tellement de noms d'enfants.

Les enfants ne jouent plus dans les jardins de Mostar. Et ceux qui y sont restés dorment dans le noir, sous cette terre qui avait résonné de leurs jeux et de leurs rires. Les tombes ont tout envahi. Des frères et des sœurs reposent côte à côte, ayant abandonné les mères à leur désespoir.

J'ai vu les jardins de Sarajevo à la télévision, tellement semblables à ceux de ma ville. Images sœurs du martyre.

« Les pelouses ont été transformées en potagers ou en cimetières. Entassés par centaines, tombe contre tombe, seulement des noms et des prénoms, des dates de naissance et de décès. Tous ont autour de vingt ans. La journée est calme et ensoleillée ; ça et là, à côté des tombes, se tiennent les parents immobiles, comme pétrifiés devant le secret du mal. »

Je l'ai lu dans un quotidien français, signé de Stanko Cerovič, un journaliste serbe qui s'est promené dans les jardins de Sarajevo.

Les jardins de la Bosnie n'existent plus. Ma Bosnie, cruelle et déchirée, a disparu, mise à sac par de vieux démons dont on ne m'avait jamais parlé pendant mon enfance paisible.

Je t'écris, mon Pedja, de là aussi. Des jardins de Sarajevo, de Mostar, de Tuzla et de toutes les villes métisses et condamnées.

Pour qui sonne le glas

Mostar, février 1994.

Le jardin en face du grand théâtre est enseveli sous un linceul de neige. La nuit est froide, menaçante. Dans cette ombre lourde et fétide, des silhouettes noires, courbées, tragiques dans leur silence et leur immobilité, évitent le rayon de lune, la lumière des étoiles. Elles restent figées devant ces monticules de neige où sont plantées des planches de bois, et si des larmes tombent de leurs yeux, le froid les gèle avant même qu'elles ne coulent.

Aix-en-Provence, février 1994.

J'ai reçu une lettre d'Arna, la femme d'Émir qui fut témoin à notre mariage.

C'est Émir qui a ramassé ton père, blessé à mort. C'est lui, compagnon d'école, compagnon de jeunesse, compagnon d'armes, qui lui a fermé les yeux. Drazan est mort dans des bras amis. Émir et Arna l'ont enterré dans le grand jardin en face du théâtre, ce jardin qui, avant la guerre, était entouré de jolis restaurants où nous allions tous les quatre faire la fête.

Quatre jours plus tard, Émir était assassiné par un sniper, exactement à l'endroit où ton père a été tué.

C'est Arna qui l'a enterré à côté de ton papa.

Elle est restée seule, prisonnière d'une ville assassinée. Seule avec sa petite fille de trois ans, Nina. Elle écrit de ne pas me tourmenter. Elle veille sur nos hommes. Elle y va, la nuit, pour ne pas être abattue par les snipers.

Chaque mois, comme c'est la coutume chez nous, elle transmet à la radio des messages-souvenirs rappelant la mort de ceux que nous aimons.

« N'oubliez pas Drazan et Émir. »

« Je ne sais pas pourquoi je vis, m'écrit Arna. Je m'occupe de Nina. Mais je ne parle à personne, je ne supporte plus les vivants. Je suis jalouse de toutes ces femmes dont on n'a pas encore tué les maris. Rester auprès de nos amours, m'occuper de leurs tombes, vivre avec leurs ombres, il n'y a que cela qui m'apaise. Les quitter serait les tuer une seconde fois. Mais toi, tu as bien fait de partir. Il n'y a aucun espoir, ici. Nous sommes destinés à être massacrés, les uns après les autres. Les Serbes veulent nous rayer de la carte depuis des années. Ils attendaient leur heure. Les Croates les aident. Nous sommes perdus. »

Oh ! Arna, que puis-je faire pour t'arracher à l'enfer de Mostar ? Je voudrais te mettre à l'abri. Je voudrais que Nina, ta petite fille, ait des joues rondes comme celles de Pedja. Je voudrais partager mon pain avec toi. Comment faire pour que tu nous rejoignes ? Pour que tu sois au chaud ? Pour que tu ne sois plus traquée ?

Quelle force pourra te sauver ?

Comment peut-on devenir sniper ?

Quelle femme a pu accoucher d'un être capable de se planquer bien à l'abri et de tirer, tel un assassin, en prenant son temps, en visant soigneusement un homme, une femme, un enfant sans défense ? J'ai honte pour eux. Comment peut-on tuer un enfant ? Comment mon pays a-t-il pu nourrir en son sein de tels monstres ?

Ce ne sont pas des soldats, ni des combattants, ni des hommes. Ce n'est même pas une guerre, aussi meurtrière soit-elle. C'est une chasse sans loi, qui ne veut que le carnage. C'est l'expression la plus meurtrière de la lâcheté : tuer sans risque, juste celui d'attraper un rhume parce qu'il fait froid. Tuer beaucoup, souvent, en variant les plaisirs. Tuer en calculant le suspense. Changer les heures, changer les endroits.

Le tireur ne tire jamais à l'aveuglette. Il n'y a pas de balle perdue. Tout est calculé. La sophistication des armes rend le travail aisé et efficace.

Est-ce difficile de tirer de sang-froid sur un innocent ? Il y a, m'a-t-on dit, quelques règles : ne jamais regarder la victime en face, tirer sans réfléchir. Surtout ne pas réfléchir, de peur qu'au dernier moment la main ne tremble.

Les tireurs qui déciment Mostar sont des bêtes

aveugles. Leurs yeux infirmes ne leur servent qu'à viser juste. Ils ne regardent plus. Ils ne voient plus. Ce sont les robots de la mort.

Comment les assiégés de Mostar peuvent-ils comprendre que des gens, que parfois ils connaissent depuis des années, soient capables de viser impitoyablement, de leur cachette tranquille, le cœur ou la tête de leur mère, de leur père, de leur enfant ?

Noyés dans leurs souffrances, mes amis meurent dans la stupeur et l'irréalité.

Mais moi, de France, protégée et sauvée, j'ai conservé mon entendement. La révolte me fait trembler.

Pourtant, je ne veux haïr aucune race. Des Serbes, des Croates sont mes amis et ils le resteront.

Mais je hais les snipers et les bras meurtriers qui lancent grenades et obus sur les enfants de ma ville.

A toi, petit Pedja, je ne veux transmettre que l'amour. Ne lis ces lignes que lorsque tu seras grand.

Je te parle dans la nuit

J'ai peur. Comment vais-je continuer à vivre sans ton papa ? Qu'allons-nous devenir ? Serai-je capable d'élever seule un enfant ? Les femmes sont courageuses dans ma famille : la grand-mère Zineta, veuve elle aussi, maman, qui a fait de la résistance et ne pleurait jamais avant la guerre. Mais moi ?

Je ne pleure pas tellement. Lorsque j'ai appris que ton papa était mort, je n'ai pas trop pleuré. Mes larmes, pétrifiées, étaient avalées par mon tumulte intérieur. J'ai crié, j'ai vomi, j'ai été couverte de boutons. C'était mon corps qui pleurait.

Je sors dans la rue, je dis bonjour, je ris. Mais à l'intérieur je suis dévastée.

« Allez, viens, il y a une soirée chez des amis à Avignon. Je t'emmène, m'a dit ma voisine Jacqueline. Il faut te changer les idées. »

Je l'ai suivie. Les gens sont heureux, ils dansent. C'est normal, c'est la paix. La paix est un miracle. Moi, j'ai l'impression d'être sur une autre planète. Je souris aux autres, mais mon cœur pleure. Et comme toujours, j'ai un grand voile devant les yeux.

Il n'y a pas de médicaments contre la tristesse. Je n'arrive pas à admettre que ton papa est mort. Je n'y crois pas.

J'ai peur. J'ai peur de la guerre. J'ai peur que ma famille soit perdue. Mes frères sont loin, leurs enfants vont m'oublier. Nous ne serons plus jamais ensemble. Il n'y aura plus de grandes fêtes de famille, des dimanches où nous serons tous réunis.

Je suis seule et j'ai peur. Je n'arrive pas à dormir. J'avale leur Lexomil mais je ne dors pas. J'écoute ton sommeil, Pedja... Ou je me lève.

Et je te parle dans la nuit.

J'ai perdu mon courage parce que j'ai perdu ton papa. Mais j'ai encore des forces en moi, je me battrai, il le faut, pour toi, pour moi, pour les autres.

C'est lorsque je suis seule que j'ai le plus peur, lorsque je me mets à réfléchir. Personne ne peut me venir en aide. Tout est enfermé dans ma tête. Il faut que je parle pour ne pas me détruire.

Cauchemar !

Dans ton sommeil, Pedja, tu cries. C'est terrible d'entendre ton cri dans la nuit. Tu appelles ton père. On t'a opéré des végétations et tu as été anesthésié. Après, tu m'as expliqué : « J'ai vu mon papa. Il m'a tenu la main pendant toute l'opération. Il était là avec moi. » Rendors-toi, mon petit garçon. Je vais te chanter une berceuse de chez nous.

Dans la chambre, sur l'oreiller blanc
Dans la forêt toute proche, sur les troncs d'arbres.
Tous, enfants et animaux, dorment la joue sur leurs mains, sur leurs pattes.
Dans la chambre, dans la forêt, arrive le joli moment de dormir...

Bonne nuit, Pedja.

Je te serre contre moi dans le grand lit. Tous les enfants ont une maman et un papa. Je suis ta maman et je serai ton papa. Mais moi, malgré tous mes amis français, je suis toute seule.

Le petit Bosniaque

Tu vas à l'école, Pedja, toujours bien habillé, impeccable. Tes cheveux sont blonds et brillants, tes vêtements changés chaque jour. On te regarde, tu es le petit réfugié, on veut savoir à quoi tu ressembles.

Montre-leur que les Bosniaques sont beaux et propres.

À l'école, dans la rue, tu arrêtes les gens, tu te plantes sur tes jambes solides, tu lèves les yeux vers le regard des grandes personnes et tu demandes : « Vous le savez ? Mon papa est mort. » Autour de toi, on est gêné, triste, bouleversé. Toi, tu observes les réactions, tu joues avec ces nouveaux mots français.

Ça veut dire quoi : *mort ?*

Tu as quatre ans.

Rendez-moi ma mère

Mon père m'a téléphoné au péril de sa vie. Il est sorti de chez lui, à la recherche d'un téléphone, la peur au ventre, car les snipers aiment tirer sur les vieux et les enfants.

J'entends sa voix, méconnaissable. Il appelle au secours. Il est resté seul à Mostar avec ma mère. Tous ses enfants se sont enfuis. Il n'y avait plus que ton papa pour veiller sur eux et ton papa est mort. Ta grand-mère est malade, l'hôpital est à Mostar-Ouest, occupé par les Croates. Il est impossible d'y aller. À Mostar-Est, un chirurgien a installé un hôpital de fortune dans un ancien dépôt de pharmacie. Chaque jour, les brancardiers amènent des blessés, des agonisants. On opère, on ampute, on recoud... Il n'y a plus de médicaments, si peu de médecins, si peu de place, qui a le temps de s'occuper d'une vieille femme ?

Mes parents ont froid, faim, peur. Ils veulent nous rejoindre mais ils sont pris au piège, terrés comme des rats dans leur cave. Il faut que je les arrache à cet enfer. On m'a tué mon mari, qu'on me rende au moins mon père et ma mère.

Je supplie mes amis français, Michèle, Pierre, Bernard. Partout la même réponse : personne ne peut pénétrer à Mostar, ni Équilibre ni la Croix-

Rouge internationale. L'aide humanitaire est bloquée, impuissante, menacée.

Ton grand-père me téléphonera à nouveau, de plus en plus angoissé. Je pleure de désespoir en l'écoutant. J'ai peur, quand la conversation s'achève, qu'il ne se fasse tuer en rentrant chez lui. Je l'imagine, lui, le vieux militaire, rasant les murs, la tête entre les épaules, courant pour traverser les rues... Si on me tue aussi mes parents, que me restera-t-il ?

Je dévore les images à la télévision. Hélas, on voit si peu Mostar, et toujours les traces rouges des morts sur la neige blanche de mon pays. Je tremble de terreur et de honte, moi qui suis là, en France, nourrie, au chaud. Il y a au moins une chose dont je suis sûre : ils peuvent toujours continuer de nous égorger, un petit garçon aura échappé au massacre. Toi, Pedja, qui vivras pour témoigner, pour raconter, pour ne jamais oublier. Tu es l'avenir de nos morts. Voilà pourquoi je confie mes souvenirs à ta mémoire d'enfant. Demain, où que tu sois, n'oublie pas nos années de bonheur au temps où nous vivions tous ensemble.

Le profiteur de guerre

Des miracles arrivent, même dans les cauchemars.

Début décembre, le téléphone a sonné au presbytère. C'étaient mon père et ma mère qui m'appelaient de Zagreb. Ils s'étaient enfuis de Mostar, ils avaient réussi l'exploit impossible, malgré leur âge, la faiblesse de ta grand-mère, malgré les bombes, les barrages, les Croates. Ils étaient arrivés, épuisés, chez ta tante Diana, la belle-sœur de ton papa. Ils n'avaient avec eux que deux valises où ils avaient entassé ce qui leur restait de toute une vie.

Partir... cela leur faisait peur mais c'était leur dernière chance. Ils ont dû se décider en quelques heures, alors que tout semblait perdu.

Un soir, un policier croate est entré chez eux. Il a jeté un regard circulaire sur l'appartement, traversé les pièces, jaugé les rares derniers meubles... Un beau logement de cent quinze mètres carrés... Il a eu un geste agacé, nerveux, de la main, comme pour dire : « Allez, hop ! Libérez le terrain. »

Tes grands-parents ont compris qu'il n'y avait pas une minute à perdre. Toute la nuit ils ont brûlé des papiers, des photos, les lettres que ton papa m'écrivait chaque jour quand il faisait son service militaire et que j'avais laissées dans ma chambre...

Que nos souvenirs ne tombent pas entre des mains étrangères. Ils ont préparé leurs bagages… trois fois rien… Ta grand-mère n'arrivait plus à marcher. Une cousine médecin a rédigé une ordonnance et ils ont appelé l'ambulance. À cinq heures du matin, dans le noir et le silence, ils ont abandonné leur maison à un policier croate, ils ont quitté leur pays.

Les trois obus

C'est notre ami Bernard qui a réussi à obtenir deux visas, qui a acheté deux billets d'avion et m'a accompagnée à Roissy, le 29 décembre 1993.

Je les ai vus derrière la vitre, j'ai aperçu ma mère, cassée en deux, amaigrie... J'ai crié, traversé la douane comme une folle. Un policier m'a rattrapée. Il fallait que je les attende derrière la porte.

Nous sommes montés dans la voiture de Bernard qui nous a conduits d'un trait à Aix, puis, sans perdre un instant, est retourné à Paris, insensible à la fatigue. Au presbytère, j'avais arrangé le débarras au-dessus de l'appartement et j'y ai installé mes parents, au chaud, loin des bombes.

Te souviens-tu, Pedja, de ta joie et de ta fierté d'avoir retrouvé un grand-père et une grand-mère ?

Ma pauvre maman, si forte avant la guerre, pleure tout le temps. Elle a vu des choses terribles dont elle ne veut pas parler. Elle pense sans cesse à ton papa qu'elle aimait tendrement. Elle m'a apporté sa veste d'intérieur, qu'il mettait le soir en rentrant du travail. Chaque fois qu'elle prononce son nom, j'ai le cœur qui pleure.

Mon père reste un homme fort, un militaire. Mais un militaire brisé qui a vu son armée, pour laquelle il s'est battu pendant cinquante ans, tirer sur lui et les siens. « C'est pire que la dernière guerre, pire que la Résistance, m'a-t-il confié. À l'époque, on savait qui était l'ennemi. Aujourd'hui c'est la jungle, le pays est livré à des bandes incontrôlées et on tire dans tous les sens. Le danger change de visage chaque jour. Notre appartement a reçu trois obus. L'un venait du camp serbe, le deuxième du camp croate, le troisième du camp musulman. Cette guerre n'a rien à voir avec une guerre de soldats. »

Mes parents ne parlent pas français. Ils sont trop vieux pour travailler, il faut régulariser leur situation en France, conduire ta grand-mère à l'hôpital. Ils dépendent complètement de moi. Je me retrouve avec trois enfants à charge et cela me fait peur. Est-ce que je vais être à la hauteur ? Pourras-tu être fier de ta maman ?

Le plus vieux de mes enfants est un militaire à la retraite, habitué à régenter la famille, qui me dit sèchement en serbo-croate : « Une veuve ne fume pas dans la rue. » Il n'a pas compris, mon sévère papa, que j'ai changé, que j'ai vieilli, que la France n'est pas la Bosnie et qu'ici les femmes sont libres de fumer dans la rue.

Une amie française m'a dit qu'un poète français et communiste avait écrit : « La femme est l'avenir de l'homme. » Cette phrase me plaît bien.

Passée l'immense joie de nous revoir, je regarde avec tristesse mes vieux parents, tellement isolés, incapables de communiquer. Peut-on apprendre le français à soixante-dix ans ? Un geste, un sourire, un cadeau, un gâteau confectionné par maman, voilà leur seul langage.

L'autre jour, près de la rivière, une jeune femme accompagnée de ses enfants ramassait du bois pour le feu. Ton grand-père se promenait. Il est venu l'aider, préparant avec habileté un beau fagot. Ils se souriaient. Merci, disait la jeune femme. Ton grand-père hochait la tête. Comme il devait être malheureux de ne pas pouvoir répondre, de ne pas pouvoir commenter le temps, le vent, le printemps qui arrivait. Il n'avait pour parler que ces morceaux de bois qu'il ramassait pour une jeune Française au regard clair.

Je suis méchante avec Leïla

La souffrance rendrait-elle méchante ?

Je ne suis pas gentille avec Leïla. L'autre jour, elle a reçu — enfin — une lettre de son mari toujours prisonnier. Il lui dit qu'il l'aime, qu'il espère être libéré pour venir la retrouver, qu'elle lui manque, qu'Azer lui manque. Et Leïla pleure de joie.

Et moi, comme une folle, je crie : « Tu vois, il va revenir, tu l'as toujours, ton mari, il va arriver ici, il va te prendre dans ses bras, Il va embrasser Azer. Et moi, je suis seule à jamais. Pedja est orphelin. Ce n'est pas juste... »

Je crie encore. Pourtant, je ne suis pas fière de moi. Je devrais être heureuse pour eux, chaque vie sauvée est une victoire. Mais je suis jalouse de toutes ces femmes qui ont des maris. Pourquoi m'a-t-on pris mon homme ? Pourquoi à trente ans, si jeune, dois-je affronter la solitude ? dormir seule ?

Rien ne m'a préparée à ce grand vide. J'ai toujours été entourée, j'ai toujours vécu au milieu de grand-mères, d'oncles, de tantes, de frères, de cousins, d'amis. La famille, celle du sang, celle du pays, était partout, à chaque étape de ma vie.

J'avais ma place précise au milieu du groupe. Mon mari soutenait mon identité.

Je ne suis sans doute pas encore assez forte pour vivre isolée. J'ai trop aimé ton papa pour imaginer un futur où je serais abandonnée. J'ai toujours rêvé d'une vie à deux. Sans l'autre, je ne suis plus moi. Je n'aurais jamais dû quitter ton papa. À deux, nous aurions été invincibles.

Lorsque le mari de Leïla arrivera, je m'enfuirai avec toi, Pedja. Jamais je ne pourrai supporter de les voir se regarder, se tenir la main, dormir ensemble. Jamais je ne pourrai regarder, sans larmes, Azer jouer avec son papa retrouvé.

La faculté d'Aix

Je suis retournée à la faculté, douze ans plus tard, en France.

Des gens qui nous aimaient nous ont inscrites, mon amie réfugiée et moi, à l'université d'Aix pour les étrangers. Au cours de lettres françaises.

Étudiante ! Enfin, de nouveau, une identité ! Je ne suis plus seulement une réfugiée mais une étudiante ! Je suis entourée de jeunes, presque de mon âge, des garçons et des filles de tous les pays.

Après le cours, le professeur est venu discuter avec nous, il nous a offert une cigarette, il nous a tutoyées.

J'étais abasourdie. J'ai questionné : « J'ai le droit de fumer avec vous dans l'école ? »

Il a répondu : « Vous êtes libre. »

Je suis étudiante, Pedja ! La semaine s'est déroulée dans la joie.

Et le samedi, les Serbes ont bombardé le marché de Sarajevo. Ils ont massacré tout le monde. Au journal de treize heures à la télé, j'ai vu les images. Ensuite, je suis restée devant mon assiette, pétrifiée, à avaler des morceaux de nourriture sans nom, sans saveur.

Je mange mais je ne sais pas ce que je mange. Je vis mais je ne sais pas ce que je vis.

Et si mon pays n'était qu'un rêve ?

Voilà, un peu de la famille s'est reconstitué. J'ai réussi à avoir près de moi mon père et ma mère. Mais eux ne rêvent qu'au pays. Ta grand-mère a les yeux pleins de larmes quand elle voit ton grand copain, Thierry, qui lui rappelle ses petits-fils partis si loin en Allemagne et en Turquie.

Elle parle d'eux sans cesse. Elle nous raconte que, pendant les derniers mois, tout le monde se cachait dans une pièce au fond de l'appartement dont on dissimulait la porte vitrée derrière une haute armoire. Ma belle-sœur croate allait ouvrir aux soldats envahisseurs. Elle sortait ses papiers. « Que voulez-vous ? Je suis croate, il n'y a pas de Musulmans ici. » Au fond de l'appartement, son fils musulman, terrorisé, était tapi avec ta grand-mère sous la table recouverte d'une grande nappe... Impossible d'arracher ma mère à ses souvenirs...

Et moi, impossible de m'arracher à ton papa. Je me suis tellement battue pour faire venir tes grands-parents que maintenant je sens un immense vide et un grand froid. Je réalise enfin que ton père n'est plus là, que je suis vraiment abandonnée.

Cet été, que ferai-je ? Où serai-je ? Nous ne pourrons rester éternellement au presbytère qui appartient à l'évêché d'Aix !

Ici, je vois bien que le travail est rare pour les Français. Alors moi, une Bosniaque, qui voudra de moi ?

À la télévision ils parlent de cesser le feu, de signer la paix, mais je ne retournerai plus à Mostar. Là-bas, ils ont détruit mon idéal.

Je voudrais que tout redevienne comme avant, je voudrais retrouver mes amis qui sont morts. Moi, je n'ai pas changé. J'aimerais tant qu'on revive tous ensemble, il n'y a que cette paix-là qui m'intéresse. Une paix impossible. Je n'irai pas vivre dans les ghettos de Mostar, vivre à l'ombre d'un mur de la honte, dans ma propre ville.

Mon enfant chéri, n'écoute pas les fracas de la guerre. Je veux t'apprendre la paix et la fraternité. Je ne te parlerai jamais avec haine des Croates qui ont tué l'homme que j'aimais. C'est ce que ton papa aurait voulu, lui qui avait une mère croate. Je ne te parlerai jamais avec haine des Serbes qui nous ont attaqués. C'est ce que ton papa aurait voulu, lui qui avait un père serbe.

Pourtant, même si la paix revient, même si les Croates et les Musulmans signent un accord, je ne pourrai plus retourner chez moi. Il y a eu trop de morts, trop de sang, trop de douleur. Comment revoir ma rivière, ma rue, notre quartier où depuis dix ans je vivais avec ton papa ? J'imaginerais sa silhouette réconfortante à chaque coin de rue. J'entendrais dans le vent sa voix chaleureuse, son rire amical. Je poserais mes pieds sur cette terre qui nous était commune, sur la trace de ses pas. Je le chercherais partout, dans les yeux de sa mère, dans la mémoire de ses amis, je fouillerais les décombres de sa maison pour y déterrer son souvenir, je pleurerais inlassablement sur sa tombe, à côté des terrasses où nous dansions ensemble. J'imaginerais mille fois sa mort sans moi, si loin de nous. Je chercherais dans la poussière l'ombre de son corps.

Comment affronter sans rage et sans haine le visage des Croates qui l'ont tué ? Ils étaient mes amis et eux aussi ont eu leurs morts. Comment arriver à m'y retrouver au milieu de toutes ces contradictions ? Ceux qui sont restés là-bas ont tellement souffert, je ne saurais quoi leur dire. Il y a trop de sang entre nous.

Mon unique désir est de revivre à Mostar comme avant. Un désir utopique. Ma ville, celle d'avant la guerre, était peut-être une utopie…

Et si notre pays, fondé sur la réconciliation, n'avait été qu'un rêve ?

Non, je ne veux pas revivre à Mostar sans ton papa. Il ne sera pas là pour m'accueillir et j'ai peur de ne plus comprendre les gens de là-bas. Et eux ne comprendront pas ma nouvelle façon de vivre, j'ai trop changé.

Notre vie est ici, mon Pedja.

Gwendoline et les loups

L'autre soir, Azer est venu se glisser dans le grand lit avec toi. Je vous ai entendus bavarder tous les deux.

Gravement, Pedja, tu expliquais à ton petit ami : « Tu sais, Azer, mon papa est mort. Il n'est plus là. »

Et Azer te répondait : « Moi aussi, mon papa n'est pas là. Il est prisonnier.

— Oui, mais le tien, il va revenir.

— Maman dit qu'il va revenir. Mais ne t'inquiète pas, Pedja. Quand il sera là, mon papa, je te le prêterai. »

En attendant, vous jouez avec Thierry... Vous l'appelez : « Viens, on va jouer au papa-chat, au papa-lion, au papa-crocodile. » Jouez au papa tant que vous voulez puisque les papas ne font plus partie de la réalité.

Pedja, tu donnes la main à Thierry, sur le chemin le long de la rivière, et je t'écoute bavarder. Et soudain, cette phrase : « Dans mon pays, les gens sont des loups. Ils se mangent entre eux. Ils mangent les arbres, les oiseaux, l'herbe. Ils sont dans la rue, ils sont tous fous. »

Le voilà, ton pays, mon Pedja. Alors, bien sûr, tu préfères vivre autrement. Tu préfères la France,

Ris-Orangis, le presbytère, ton école maternelle avec ta petite fiancée de quatre ans, Gwendoline. Elle t'apprend à oublier les loups, à parler un français que je n'arrive pas toujours à comprendre. Tu fais tellement de progrès, tu vas tellement plus vite que moi ! Tu vas vivre un jour sans moi, mon Pedja ? Toi aussi, tu me laisseras ?

Je vais à l'école comme toi

Mars 1994.

Ici, en France, mes papiers sont en règle. J'ai le statut de réfugiée politique et un visa pour dix ans, avec une interdiction de retourner en Bosnie pendant cinq ans et d'entrer en contact avec mon ambassade. Plus tard, j'aurai le droit de faire des voyages, en touriste, chez moi.

C'est un choix. Maintenant je dois creuser mon trou dans le sol français si j'y arrive.

J'ai quitté la faculté d'Aix, car mes amis nous ont obtenu un stage de formation accélérée au français par le GRETA. Ce sont des cours qui dépendent du ministère de l'Éducation nationale à l'intention d'étrangers. Ils durent six mois, au bout desquels il y a un examen et un diplôme.

Tu vois, Pedja, je vais à l'école comme toi. Il faut que je parle un français parfait.

Le matin, Leïla et moi partons en voiture avec Sylvie, une dame du village qui travaille à Aix et qui a la gentillesse de nous emmener. Les cours ont lieu dans un lycée, de 9 heures à 16 h 30. Nous revenons en auto-stop. Ni Leïla ni moi n'en avions jamais fait. Le premier jour, nous étions un peu inquiètes mais, sur la route qui monte au village, il y a toujours quelqu'un pour s'arrêter. Les gens sont gentils. Il fait beau, le soleil est déjà plus chaud, les arbres ont leurs premières feuilles.

Nous sommes une quinzaine d'adultes à suivre les cours, trois hommes et douze femmes entre trente et cinquante ans.

Il y a des Australiens, des Suédois, des Portugais, des Espagnols, un Égyptien. Ils sont tous en France depuis longtemps. Ils parlent mieux que moi, mais ils veulent apprendre à écrire cette langue difficile. Ils en ont besoin pour travailler ou surveiller le travail scolaire de leurs enfants. Tout le monde est sympathique. Le jour où j'ai manqué parce que j'étais malade, ils étaient inquiets. Le lendemain, ils m'ont accueillie avec joie, m'ont posé des questions, ils voulaient savoir si j'étais guérie. C'est une ambiance familiale, chaleureuse qui fait du bien…

C'est tellement important pour moi de bien parler français pour trouver du travail et ne pas être séparée de toi.

Mon Pedja, toi qui parles déjà sans accent…

C'est moi, Pedja qui t'ai appris à parler, qui t'ai fait répéter tes premiers mots, qui ai applaudi à tes progrès. Aujourd'hui, je ne peux plus t'apprendre de nouveaux mots, c'est toi qui m'en apprends. Je t'entends parler français avec tes petits camarades d'école. Tu parles si vite que je ne te comprends pas… Moi, ta mère, j'écoute, étonnée et inquiète, mon petit bonhomme de quatre ans parler mieux que moi une langue que je ne lui ai pas enseignée.

Je suis fière de ton intelligence… Un peu triste aussi, il me semble parfois que tu risques de t'éloigner de moi.

Mais pour l'instant, c'est toi qui t'inquiètes. Tu n'es pas content de me savoir partie toute la journée. Dès que nous rentrons tous les deux de l'école, tu me lâches plus, tu me suis partout.

Je suis comme un oiseau…

Finalement, nous pouvons rester au presbytère jusqu'au 15 juillet 1994. Et après ? Où aller ? Comment trouver du travail ?

« Vous pouvez toujours faire des ménages », m'a-t-on dit.

Des ménages ! Ils sont fous, je suis professeur de biologie ! J'ai fait des études, je ne veux pas devenir une domestique. Certains haussent les épaules : il faut bien manger. Les réfugiées font des ménages, les Françaises aussi quand tout le monde dans la famille est au chômage.

On m'a promis l'allocation parent isolé après mon stage du GRETA, trois mille huit cents francs nets. Cela suffira-t-il à nourrir quatre personnes ?

L'angoisse me tenaille. Je sens qu'il va falloir lutter dur pour protéger ma famille. Je ne suis pas sûre d'en avoir la force.

Parfois, arrive une bonne nouvelle. Je pourrai faire un stage de quinze jours dans un laboratoire Pechiney, à Aix. Et après ? Je suis triste, infiniment triste. J'ai perdu quatre kilos en un mois. Le médecin me donne du magnésium et du fer. J'ai peur de couler, j'appelle au secours et autour de moi je sens qu'on se lasse.

Lorsqu'on me demande : « Où habitez-vous ? » J'ai envie de répondre : « Je suis comme un oiseau qu'un orage a jeté hors du nid, je vole un peu partout, les ailes froissées, désorientée. Je cherche où me poser, mais nulle part je ne trouve une branche solide pour construire, je dois sans cesse repartir, entraînée par le vent qui souffle dans tous les sens. »

Je voudrais poser ma valise, avoir une vraie maison, la meubler, avoir un travail, m'installer et mener une vie normale. Je voudrais simplement une vie normale.

À Mostar, ils disent que la situation s'améliore. J'envoie des colis à la mère de Drazan. Mes parents rêvent de retourner au pays. Un oncle m'a écrit de Sarajevo, il a perdu vingt-sept kilos, ses enfants sont partis. Il est vieux et seul.

Moi aussi, je suis seule.

Ma seule grande réussite, c'est toi, Pedja. Tu vas bien, tu es vivant et tes joues sont roses. Tu ne cries plus la nuit. Tu as changé de fiancée, elle s'appelle Chloé. Tu ris et tu chahutes, tu parles moins de ton papa. L'avenir, c'est toi.

Tu vois, Drazan, nous avons sauvé notre petit Pedja. Il a échappé au malheur. Mais à quel prix ! Tu es mort sans moi. Et moi j'ai perdu mon bonheur, mes racines, ma famille. Mon passé n'a plus de visage. Toutes nos photos ont disparu dans les flammes. Mon nouvel album de famille commence à Ris-Orangis et tu n'y es pas. Je ne me console pas de me refaire une vie d'où tu es absent.

En Herzégovine, à Mostar, je n'ai plus ma place. En France, en ai-je une ? Veut-on de moi ?

Donne-moi la main, Pedja. Comme tu lui ressembles ! À nous deux, nous serons plus forts.

Achevé à Aix-en-Provence
Mars 94

ANNEXE

Musulman : une nationalité

Les hommes et les femmes qui, au cours des siècles passés, ont prié dans les mosquées de la Bosnie et de l'Herzégovine n'étaient ni turcs, ni arabes. Ceux qui, aujourd'hui, dans l'ex-Yougoslavie ensanglantée, se clament athées et musulmans ne le sont pas plus.

Cette communauté isolée dans le monde chrétien désoriente. Pourtant, elle ne cesse d'affirmer son identité : slave, athée ou de religion musulmane, selon les sensibilités, et européenne.

Difficile à comprendre pour les Occidentaux qui lient, à juste titre, l'islam aux pays arabes, africains, indiens... Une situation qui ne peut s'expliquer que si l'on remonte très loin dans l'histoire des Slaves du Sud.

Au xe siècle, la Yougoslavie est au croisement de deux grandes Églises chrétiennes, l'Église romaine et l'Église byzantine. L'Ouest se rattachera au catholicisme romain, l'Est deviendra orthodoxe. Mais une partie de la population, peu soucieuse de ces rivalités, mal à l'aise dans les Églises de ses suzerains, avait adopté une religion plus simple et plus fervente, fondée sur les deux grands principes du bien et du mal. Celle des « Bogomiles », une forme d'hérésie que certains comparent ou assimilent à l'hérésie cathare.

Ainsi naît l'Église bosnienne où les Bogomiles prennent une place importante et soutiennent les nobles locaux dans leur lutte pour l'indépendance politique.

Au XVe siècle, la Bosnie et l'Herzégovine tombaient sous la domination turque. Une partie de la population se rallia aux conquérants, d'une part l'aristocratie qui ne voulait pas perdre ses privilèges et ses propriétés, et les Bogomiles d'autre part, qui ne cessaient d'être persécutés par les chrétiens. L'islam devenait alors un refuge et une protection. C'est ce qui explique l'existence de cette communauté slave musulmane en plein cœur de la Yougoslavie.

En 1971, le régime du maréchal Tito, officiellement athée, inventa à l'usage des gens de la Bosnie-Herzégovine, qui voulaient voir respecter leur identité spécifique, la nationalité musulmane avec un M majuscule pour la distinguer de la religion.

Un même mot pour deux réalités, la confusion était inévitable. Certains Musulmans en avaient été conscients. Mais c'était un cadeau politique de Tito à ces Slaves un peu à part qui arrangeait tout le monde à l'époque et assurait la fidélité au régime.

Remerciements

À Paris et en région parisienne :

L'Association Équilibre[1], Pierre et Michèle Buffon et leurs enfants, Bernard Martin.

En Provence :

L'archevêché d'Aix-en-Provence, M. le Conseiller général Jean-Pierre Bouvet, l'Association Cimade.

Et tous ceux qui ont contribué à l'action de « Village Accueil Bosniaque » et plus particulièrement :

Jacky et Marie-Hélène Aubert, Sylvie Aubert, Christian et Jacotte de Barbarin, Horst et Irmgard Barmeyer, Adrienne Bertorello, Madeleine Bosc, Jacques et Paulette Ciprien, Éric et Michèle Duvivier, Père Pierre Garès, Claude Hordern, Jacqueline Humbert, Albine Isch, Julien et Suzette Karman, Père Claude Laroche, Pierre et Anne Lemaître, Henri et Édith Lorenzi, Gilles et Catherine Nancy, Claude et Nanie Piasco (Point Presse), Jacqueline Péfau-Pontet, Chantal Poujol, Dr Olivier Rebillon et son épouse Dana, Jo Roustaing, Marie-Noële Szklartchik, Mireille et François Thomas, le secrétariat de la mairie du Village.

1. Association Équilibre : 2, rue Genton, 69008 Lyon et 9, rue Charles-Lecocq, 75015 Paris.

La composition de cet ouvrage
a été réalisée par l'Imprimerie BUSSIÈRE,
l'impression et le brochage ont été effectués
sur presse CAMERON dans les ateliers de B.C.A.,
à Saint-Amand-Montrond (Cher),
pour le compte des Éditions Albin Michel.

Achevé d'imprimer en mai 1994.
N° d'édition : 13738. N° d'impression : 1042-94/254.
Dépôt légal : mai 1994.